SACRÉ JEAN-FOUTRE

Jean-Gabriel GOBIN

SACRÉ JEAN-FOUTRE
Comédie en 4 actes

© 2016, Jean-Gabriel Gobin
Editeur : BoD – Books on Demand,
12-14 Rond-Point des Champs-Elysées, 75008 Paris, France
Impression : BoD - Books on Demand, Allemagne

ISBN : 9782322132751

dépôt légal : janvier 2017

PERSONNAGES

JO
LULU, sa maîtresse,
       accessoirement fille du chirurgien.

LE CHIRURGIEN
CLARA, sa femme.
RIRETTE, leur seconde fille.

LE DIRECTEUR DE LA MAISON DE PUBLICITÉ
L'INFIRMIÈRE, LA BONNE (même actrice).

PREMIER ACTE

Un décor tout simple ou peut-être simplement des rideaux noirs.
Au milieu de la scène, un grand lit dans lequel on devine une forme humaine enfouie sous les couvertures.
Ici et là, un rare mobilier : une table, quelques chaises, une armoire, tout cela jonché de vêtements plus ou moins en chiffon.

LULU, *depuis les coulisses :*
Jo ?

JO, *émergeant de sous la couverture, la voix pâteuse :*
Oui.

LULU
Tu peux me passer mon collant ?

JO, *sans même relever la tête :*
Je ne sais pas où il est.

LULU
Cherche.

JO, *toujours enfoui sous la couverture :*
Je ne le vois pas.

LULU, *agacée*

Sur un dossier de chaise.

JO

Puisque tu sais où il est, tu devrais venir le chercher toi-même.

LULU

Ah ! Ce que tu es emmerdant.

Elle paraît, en tenue légère. C'est une jeune femme, un peu replète mais pas trop laide et énergique. Elle s'exclame à la vue de Jo :

LULU

Tu n'es pas encore levé ?

JO

Qu'est-ce qui te fait dire ça ?

LULU

Tu sais l'heure qu'il est ?

JO

Il n'est pas huit heures puisque tu n'es pas encore partie.

LULU

Et tu as rendez-vous à neuf heures et demie.

JO

Je sais, c'est moi qui te l'ai dit.

LULU, *tout en s'habillant :*
Tu te rends compte que tu as tout Paris à traverser ? Tu n'y seras jamais.

JO
C'est pour ça que je me demande si ça vaut bien la peine d'y aller.

LULU
Je croyais que c'était pour une place intéressante.

JO
Oh ! Tu sais, les petites annonces, il est rare qu'ils disent que ce n'est pas intéressant.

LULU *va le secouer brutalement.*
Ah ! Non. Pour une fois que tu trouves un travail qui est dans tes cordes, tu vas me faire le plaisir d'aller voir.

JO
Dans mes cordes... Après tout, je n'en sais rien.

LULU
Je croyais que tu avais téléphoné.

JO
Oui, mais tu sais, au téléphone... Il est difficile de se rendre compte.
Un temps. Elle continue de s'habiller.

JO *demande :*
Tu ne veux pas mettre la radio ? Ça va être l'heure des informations.

LULU
Elle ne marche plus : les piles sont mortes.

JO
Tu n'en as pas acheté d'autres ?

LULU
Tu devais t'en charger..

JO
Ah oui ? Eh bien j'ai oublié. Tu aurais dû en acheter.

LULU
Je n'allais pas acheter des piles alors que tu m'avais dit que tu le ferais.

JO
Tu aurais dû te douter que j'allais oublier… Enfin tant pis.
Il se recouche. Lulu continue de s'habiller. Un temps. Elle s'en aperçoit soudain.

LULU
Tu t'es recouché ?

JO, *se redressant en catastrophe :*
Moi ? Non.

LULU
Non mais tu ne te ficherais pas du monde par hasard ?

JO
Tsss ! Tsss ! Un peu de modestie ma cocotte…du monde ?… N'exagérons rien.

LULU
Inutile de faire le rigolo. Je commence à en avoir assez de tes salades. Il y a belle lurette que tu ne me fais plus rire. J'en ai marre de te supporter toute la journée à rien foutre pendant que moi je vais au boulot. Marre de voir monsieur se la couler douce alors que moi je suis là pour le nourrir.

JO
Tout de suite les questions matérielles. Ce que tu peux être futile ma pauvre chérie.

LULU, *le tirant par la manche :*
Eh bien, futile ou pas, tu vas me faire le plaisir de te lever, et plus vite que ça. Allez ouste !

JO
Tu me fais mal.

LULU *crie :*
Debout.

JO
C'est bon, c'est bon, je me lève.
Il le fait à regret.
Ce que tu peux être brutale !
Il essaie de l'attirer contre lui.
Alors que tu es si douce quand tu veux.

LULU *le repousse brutalement.*
Oui, eh bien pas maintenant. J'ai autre chose à faire si tu veux le savoir.

JO
Comme tu es bassement terre à terre.

LULU *hausse les épaules.*
Il y a un café chaud dans la cuisine.
Il sort, traînant ses savates. Un temps, on l'entend demander :

JO
Où est-ce que tu as mis le pain ?

LULU
Il n'y en a plus. Il reste des biscottes.

JO, *revenant avec le nécessaire pour déjeuner :*
C'est tout de même désagréable de ne pas avoir un peu de pain frais pour avaler son café au lait le matin.

LULU
Si ça t'ennuie tant que ça, la boulangerie est ouverte. Ne te gêne surtout pas pour aller en chercher.

JO *hausse les épaules.*
Le journal est arrivé ?

LULU
Je ne sais pas. Va voir.

JO
Alors, il faut que je fasse tout dans cette maison
Il sort de mauvaise humeur pour revenir avec le journal. Il se réinstalle à table et commence à beurrer une biscotte tout en parcourant son journal des yeux.

JO
Ah ! C'est nul ces biscottes. Pas moyen de les beurrer sans qu'elles se cassent.

Un temps. Il s'est replongé dans sa lecture tout en déjeunant.

Tu ne sais pas ce que tu ferais si tu étais gentille ? … Tu irais chercher du pain à la boulangerie.

LULU

Non mais tu te fous de moi ? Je travaille moi, mon bonhomme. Dans cinq minutes il faut que je sois partie.

JO

En te dépêchant, tu n'en as pas pour plus de cinq minutes.

LULU

Non mais tu me prends pour une courge ou quoi ?

JO

Ce que j'en disais…

Encore un temps. Il sifflote tout en lisant le journal.

Tiens, c'est pas mal ça. On recherche un ingénieur électronicien pour diriger service technique. Salaire quatre mille huit cents euros, références exigées. Écrire au journal qui transmettra. C'est intéressant ça. Qu'est-ce que tu en penses cocotte ?

LULU

Quoi ? Qu'est-ce que j'en pense ? Tu n'as jamais fait d'électronique.

JO

Évidemment, c'est un peu ennuyeux.

LULU

Et puis tu n'as pas de références.

JO, *résigné :*

Non plus. C'est dommage, parce qu'au point de vue salaire, ça collait assez bien. Pour débuter s'entend.

Il soupire.

Ah ! Il n'est pas facile de trouver du travail. Le marché est vraiment très encombré.

LULU

Non mais tu te fous de moi ? Ça fait au moins la vingtième place que tu refuses depuis le début du mois. Tu ne crois pas que ça fait un peu beaucoup ?

JO

Mais enfin cocotte, tu ne voudrais tout de même pas que j'accepte n'importe quoi ? J'ai ma dignité. Je ne tiens pas à ce que tu aies honte de moi.

LULU

Ne t'en fais surtout pas pour la honte que tu pourrais me causer. Trouve déjà un travail, quel qu'il soit, je m'en contenterai.

JO

Évidemment, tu n'as aucune fierté. Seulement moi, j'en ai. Quand on a une certaine classe et un peu d'amour-propre…

LULU

C'est sans doute au nom de cet amour-propre que tu vis à mes crochets ?

JO
C'est fou la propension qu'ont toujours les femmes à tout déformer. Je ne vis pas à tes crochets : je t'aime. Ça n'a rien à voir. L'amour est au-dessus de ces considérations matérielles.

LULU
Eh bien justement, dans un couple, c'est l'homme qui travaille. Et c'est lui qui fait vivre sa femme.

JO
D'abord, tu n'es pas ma femme. Le mariage est une institution bourgeoise qui va à l'encontre de mes principes. Et puis, deuxièmement c'est faux. Soixante-huit pour cent des femmes travaillent. Je peux te fournir les statistiques, je les ai découpées dans le journal la semaine dernière.

LULU
Et les autres ?

JO
Minorité. On ne peut pas s'y référer, ce serait parfaitement antidémocratique. Et puis de toute façon, si je te suis dans ton raisonnement, les autres ne travaillant pas, elles vivent par conséquent aux crochets de leur mari, comme tu dis, ce qui est exactement la même situation que nous.

LULU
La situation inverse tu veux dire.

JO
Quoi la situation inverse ? Mais voyons ma cocotte,

tu n'y es plus du tout. Tu retardes terriblement. Tu as des conceptions d'un autre âge. Enfin, l'égalité de l'homme et de la femme, ce n'est pas moi qui l'ai inventée. Je suis pour, cependant. Je trouve parfaitement odieux que la femme soit mal considérée comme ce fut le cas trop longtemps.

LULU
Eh bien justement, au nom de cette égalité, tu devrais aussi travailler.

JO
Mais c'est naturellement ce que j'ai toujours pensé. Seulement, je ne trouve pas de travail. Est-ce ma faute à moi si nous sommes si mal gouvernés et s'il y a tant de chômage ? Je t'assure que si j'étais au gouvernement, les choses prendraient une tout autre tournure.

LULU
Tu ne trouves pas de travail, seulement quand on t'en propose tu refuses.

JO
Quelle place j'ai refusée ? Tu veux parler de Grosfilon ? Non mais tu rigoles ? Ce vieux barbon réactionnaire, rosette de la Légion d'honneur et tout le bataclan. Tu n'aurais tout de même pas voulu que j'aille me commettre dans une entreprise aussi fasciste que la sienne.

LULU
En tout cas fasciste ou pas, aujourd'hui tu as un

rendez-vous et tu vas t'arranger pour que ça marche. Parce que j'en ai marre de toujours te traîner à ne rien faire pendant que moi je me crève. Alors, si ce soir tu prétends encore que ça n'a pas marché, je te plaque, et puis c'est tout.

JO

Allons, allons, ne t'emporte pas ma cocotte. Tout finira par s'arranger. Il faut quelquefois avoir de la patience dans la vie. Et ça, j'en ai. Tu me connais, je suis tenace. Seulement voilà, je suis un artiste. Et malheureusement, de nos jours, aux artistes on ne fait pas souvent la part belle. C'est navrant mais c'est ainsi. Note bien que tout cela finira inévitablement par rentrer dans l'ordre. Il y a toujours eu des périodes fastes et des périodes de crises. Et puis, les artistes mettent plus ou moins de temps à percer. Et cela ne signifie pas que ceux qui mettent plus longtemps ont moins de talent, au contraire. Ce sont ceux qui refusent les compromissions. Et là, tu peux me faire confiance : de la rigueur, j'en ai. Je ne suis pas prêt à cautionner n'importe quel intérêt mercantile. Le ciel m'a pourvu d'un don : je ne me sens pas le droit de le gaspiller.

LULU

Pourvu que tu ne connaisses pas une gloire posthume.

JO

Ce serait bien sûr navrant, mais note bien que je préférerais cela à la gloriole.

LULU
Eh bien moi pas. Je n'ai pas ton talent, c'est un fait, je ne comprends rien à l'art, c'est sûr, mais je n'ai pas l'intention de te tirer comme un boulet toute ma vie.

JO
Écoute cocotte, tu me déçois en ce moment. Tu me déçois beaucoup. Enfin, je sais que tes paroles ont dépassé ta pensée, c'est pour ça que je ne t'en veux pas.

Il l'attire contre lui.

Ma grosse Lulu, tu sais que je t'aime bien et c'est pour ça que tu t'amuses à me faire enrager. Tu verras, un jour on me reconnaîtra comme un grand artiste, un très grand artiste. Je serai le peintre le plus connu du monde. Les Américains s'arracheront mes toiles à coups de millions de dollars. Et tu connais mon aversion pour les capitalistes, je les ferai payer très cher. Une sorte d'impôt sur le fascisme. Et nous aurons une Rolls-Royce. Non, pas une Rolls-Royce, leur situation financière n'est plus assez saine : une Benthley. Moi, j'aurais un habit noir comme si j'étais en deuil, de grosses lunettes d'écaille, noires aussi pour qu'on ne me reconnaisse pas (on reconnaîtra les lunettes). Et toi, naturellement, tu porteras un manteau de vison. Même en plein été. Tiens, ce jour-là, je t'épouse si tu veux. Rien que pour montrer à tous ces bourgeois qu'ils n'ont pas plus de privilèges que les autres.

LULU, *se dégageant :*
Eh bien en attendant, je te répète ce que je t'ai dit.

Si ce soir tu n'as pas trouvé de travail, je te plaque. Et cette fois, je tiendrai ma promesse. Maintenant, il est l'heure que je m'en aille. Je ne tiens pas à me faire engueuler par mon chef parce que je suis en retard.

JO
Mais voyons, cocotte, ne te fâche pas. Le dessin publicitaire, je te le dis franchement, ça ne m'emballe pas. Mais disons qu'en attendant ça peut être un pis aller. Je te jure que s'il y a possibilité de trouver un terrain d'entente, j'accepterai tout de suite.

LULU
Tu feras bien d'en ménager un, de terrain d'entente.

JO
Écoute cocotte, tu sais, ce n'est pas toujours facile…

Elle est sortie sans l'écouter. Il hausse les épaules et soupire. Un temps. Il se lève et se frotte les reins.

Je suis rompu, moi. Mal aux reins, les jambes qui flageolent : ça sent la grippe tout ça. Je crois que je ferais mieux de me recoucher.

Il ramasse son journal et retourne s'étendre. Il lit à voix haute :

Une jeune fille se tue pour un chagrin d'amour.

Au fur et à mesure qu'il avancera dans la lecture de son article, la lumière va décliner jusqu'au noir.

C'est vers 15 heures hier, qu'a été repêché non loin des Andelys le corps de Mademoiselle Lucie Dalembert, fille du célèbre chirurgien parisien. Celle-ci s'était éprise, il y a quelques années, d'un jeune homme de condition modeste. La liaison, d'abord mal acceptée par la famille de la jeune fille, avait fini par être admise après que le jeune homme eut fait fortune en Amérique du Sud.

Sa voix, pâteuse, s'est éteinte elle aussi. Quand la lumière revient, il n'y a plus au milieu de la scène, à la place du lit, qu'une sorte de table d'opération sur laquelle on devine une forme humaine recouverte d'un drap blanc. Le chirurgien paraît, enfilant ses gants, tandis qu'une infirmière le suit, portant les ustensiles.

LE CHIRURGIEN
Seringue s'il vous plaît… merci.

Il ajuste l'aiguille, l'enfonce dans le bouchon du flacon, remplit la seringue, chasse la bulle d'air puis s'approche du patient dont il dégage un bras. Au moment où il va planter l'aiguille, le patient se dresse brusquement, laissant découvrir son visage : c'est Jo.

JO
Halte-là Docteur. Pardonnez-moi de vous décevoir et de vous priver du plaisir de me charcuter mais je suis, malheureusement pour vous, en parfaite santé.

LE CHIRURGIEN
Qu'est-ce que ça veut dire ?

JO
Ça veut dire que je suis tout à fait bien portant et que je n'ai nullement l'intention de me laisser découper au bistouri.

LE CHIRURGIEN
Non, mais c'est un fou. Aidez-moi Mademoiselle.

JO
Attention n'approchez pas.
Il tire un stylo de sa poche.
Un seul pas et je vous descends.

LE CHIRURGIEN *raille :*
Avec un stylo ?

JO
Parfaitement. Ce petit objet que vous croyez être un stylo (il faut avouer que la ressemblance est troublante) est en réalité un mini revolver. Si vous tentez quoi que ce soit, je vous descends. Tous les deux.

LE CHIRURGIEN
C'est un fou. Venez, Mademoiselle.

JO
Attention, je vais tirer.
Le chirurgien approche sans tenir compte de la menace. Jo dirige son stylo en l'air. Une détonation retentit.

L'INFIRMIÈRE *pousse un cri :*
Ah ! Un stylo à cartouches.

JO
Je vous avais prévenu. Vous voyez que je ne bluffe pas. Maintenant, vous allez m'écouter. Mademoiselle peut rester. Je préfère ça, d'ailleurs, plutôt que de la

laisser tenter de donner l'alerte.
Il range son stylo et commence :
Excusez-moi, d'abord, de cette intrusion mais c'est le seul moyen que j'ai trouvé pour vous rencontrer. Il n'est pas facile de vous aborder. Vous êtes quelqu'un de très occupé. C'est pour cela que j'ai dû me porter malade afin de me faire conduire jusqu'à votre salle d'opération.

LE CHIRURGIEN
Que voulez-vous ?

JO
Permettez d'abord que je me présente : Joseph Dubon
Il salue, très bouffon.
Ce nom vous dit peut-être quelque chose ?… Je vois que vous commencez à réaliser. Vous vous souvenez sans doute de cet homme qui était venu vous faire chanter il y a quelques années ?…

LE CHIRURGIEN
Je ne sais pas de quoi vous voulez parler.

JO
Vraiment ?… L'affaire Capricas, ça ne vous dit rien ? Certes vous aviez affaire à un maître-chanteur mais la manière de vous en débarrasser fut pour le moins critiquable. Vous n'avez pas hésité à le prétendre fou afin de le faire interner. L'homme avait pourtant toute sa raison. Seulement, quand il s'est retrouvé au milieu de tous ces déments, hurlant vingt-quatre heures sur vingt-quatre, il n'a pas résisté. Huit

mois après, il avait effectivement perdu la raison, et deux ans plus tard il décédait. Vous avez dû pousser un sacré « ouf » ce jour-là. Vos soucis étaient enfin terminés. Au moins le pensiez-vous. Erreur Docteur, erreur ! Cet homme avait un fils. Âgé d'à peine plus de douze ans à l'époque, il s'est retrouvé orphelin. La vie s'est chargée de le mûrir un peu plus vite que les autres. Le pauvre gosse traînant les rues en vint à s'acoquiner avec un peu tous les voyous de la région. Il fut contraint de voler pour survivre. Que pouvait-il faire ? Il n'avait pas un sou. Sa situation n'a d'ailleurs pas beaucoup évolué de ce côté-là, mais son tempérament artiste lui a permis de s'élever malgré tout et d'acquérir une certaine culture. C'est lui qui a l'honneur de se présenter devant vous aujourd'hui.

Il salue toujours bouffon.

LE CHIRURGIEN

Que voulez-vous ? Je n'ai pas grand-chose sur moi, mais ma banque est à deux pas. Nous pouvons y aller ensemble si vous voulez.

JO *sourit, méprisant.*

Je n'ai pas besoin d'argent. J'ai toujours vécu sans, et je saurai encore m'en passer.

LE CHIRURGIEN

Que voulez-vous alors ?

JO

Je connais bien votre fille Lucie. Nous nous sommes rencontrés un jour, par hasard, dans un parc, et nous avons très vite sympathisé. Vous avez une fille charmante Docteur.

LE CHIRURGIEN, *inquiet :*
Où voulez vous en venir ?

JO
Au fond, vous ne m'êtes pas antipathique. Je crois que nous devrions parvenir à nous entendre. Ça m'ennuierait beaucoup d'aller vous dénoncer à la police. Un scandale dans une famille aussi honorablement connue… et puis, ça me gênerait aussi pour Lucie que j'aime beaucoup.

LE CHIRURGIEN
Mais que vient faire ma fille là-dedans ? Qu'est-ce que vous en avez fait ? Vous l'avez enlevée ?

JO
Pas encore. Je me proposais de le faire, ou plutôt j'y avais pensé, mais c'était beaucoup de complications et puis elle est un peu réticente. Elle vous aime bien vous savez. Alors, j'ai pensé que le plus simple était sans doute de faire les choses régulièrement. J'aime votre fille et je désire l'épouser. Je suis venu vous demander sa main.

LE CHIRURGIEN
Quoi ? Non mais vous rigolez, jeune-homme. Accorder la main de ma fille a un voyou, le fils d'un maître-chanteur, un sans le sou, un crève la faim ? Non mais vous n'y songez pas ?

JO
Voyons, Docteur, vous devriez être sensible à un

sentiment qui n'a rien que de très honorable. Je vous l'ai dit : ça m'ennuierait beaucoup d'aller trouver la police.

LE CHIRURGIEN, *qui retrouve de plus en plus son assurance :*
Apprenez tout d'abord, jeune-homme, que pour l'affaire à laquelle vous faites allusion, il y a prescription depuis belle lurette.

JO
Un point. Il n'y a toutefois pas prescription pour le scandale. Mais, je vous l'ai dit, je ne tiens pas tellement à vous faire des ennuis. J'aime votre fille : elle seule m'importe. Je ne demande qu'à faire son bonheur. Vous ne pouvez pas nous refuser ça.

LE CHIRURGIEN
Pauvre petit con. Et avec quoi comptez-vous faire son bonheur, vous qui n'avez même pas de quoi lui acheter une rose ?

JO
L'amour est au-dessus de ces considérations matérielles.

LE CHIRURGIEN
Pour un temps. Un temps très court d'ailleurs. Vous êtes jeune. Vous comprendrez cela plus tard. C'est beau l'amour, c'est très beau. Mais c'est aussi très peu. Et quand on n'a que ça à offrir… Bien sûr, au début elles s'en contentent, même les femmes les plus légères. Seulement elles s'aperçoivent très vite que

c'est payer bien cher quelques occasions d'un rare bonheur. Il faut les comprendre. Les sentiments n'empêchent pas la frivolité et un diamant ou un vison sont tout de même des valeurs plus sûres que l'amour d'un homme qu'il est difficile de mesurer avec précision.

JO
On m'avait dit que vous n'étiez qu'un sale bourgeois réactionnaire, mais je ne pensais tout de même pas que c'était à ce point.

LE CHIRURGIEN
Ah ! Les injures. Ça fait du bien n'est-ce pas ? Chassez le naturel, il revient au galop. Si c'est tout ce qui vous reste à dire, je pense que nous pouvons peut-être conclure là cet entretien. Désolé de n'avoir pu vous satisfaire. Au fond, vous n'avez pas l'air d'un mauvais bougre, seulement vous semblez ignorer pas mal de choses. On n'échappe pas à son destin. On est ce qu'on est, rien de plus. Il faut savoir s'en contenter. Mille regrets d'être obligé de vous apprendre cela si brutalement.

JO
Sale bourgeois ! Fasciste !

LE CHIRURGIEN
Oui, c'est cela, les injures, toujours les injures. Ça soulage n'est-ce pas ?

JO
Raillez Docteur, moquez-vous. Mais vous paierez

un jour. Vous le paierez même très cher. C'est vous qui viendrez me supplier à genoux d'épouser votre fille. Et ce jour-là, il vous faudra mettre des gants et vous traîner à mes pieds pour que je condescende à vous écouter. Rira bien qui rira le dernier, vieux porc.

LE CHIRURGIEN
Je vois qu'il vous revient quelques relents d'une éducation bâclée. C'est dommage, vous allez me laisser sur une mauvaise impression. Vous étiez beaucoup mieux lorsque vous parliez d'amour. Enfin, on fait ce qu'on peut.

JO
Gardez pour vous vos leçons de morale, elles ne m'intéressent guère. Si vous croyez que je ne vous ai pas situé tout de suite avec vos grands airs de gentleman de comédie, toujours impatient de regagner les coulisses pour pouvoir donner libre cours à son naturel. Vous croyez sans doute que je n'ai pas remarqué vos coups d'œil furtifs en direction du corsage de Mademoiselle depuis le début de notre entretien, *(machinalement, l'infirmière resserre son col)* et votre impatience à me voir partir pour avoir enfin le loisir de vous retrouver seul avec elle et de faire tranquillement vos saletés tous les deux ?

LE CHIRURGIEN
Monsieur, vous parlez devant une jeune fille.

JO
Jeune fille ? Elles n'ont pas d'âge celle-là : ce sont des filles, tout simplement. Regardez-la qui rougit, non

pas de honte mais d'impatience. Vous êtes répugnants tous les deux.

LE CHIRURGIEN
Monsieur, je ne sais pas très bien où vous voulez en venir, mais sachez que je suis au-dessus de ces insinuations. J'ose espérer que, Mademoiselle ici présente, n'aura pas écouté vos inepties. Maintenant je vous prierai de sortir et de bien vouloir aller débiter vos grossièretés ailleurs.

JO
Hypocrite ! Ne craignez rien, je vais vous laisser. Vous allez enfin pouvoir la lui donner votre leçon d'anatomie comparée. Mademoiselle a l'air d'affectionner tellement la médecine et d'être si avide d'apprendre. Seulement n'oubliez pas ce que je vous ai dit : nous nous retrouverons, Docteur, nous nous retrouverons, je vous en fais le serment, et pour une scène où les rôles ne seront peut-être plus tout à fait identiques. À bientôt Docteur.

Il sort.

LE CHIRURGIEN
Ce petit voyou n'a pas l'air tout à fait normal et il est particulièrement mal élevé. Enfin, n'y pensons plus. Qu'avons-nous au programme ce matin Mademoiselle ?

L'INFIRMIÈRE
Monsieur Corbier : la péritonite aiguë.

LE CHIRURGIEN

Ah oui !… Il peut attendre. Au point où il en est, ou il claque tout de suite, ou il n'est plus à deux heures près. D'ailleurs je préfère qu'il claque dans sa chambre plutôt qu'entre mes doigts. Avec les deux de la semaine dernière, si la série devait continuer, ça risquerait de compromettre mon élection à l'académie de médecine. Occupons-nous d'abord de vous Mademoiselle. Cette petite grosseur à votre sein gauche m'inquiète. J'aimerais vous examiner à nouveau pour voir si ça n'a pas évolué.

L'INFIRMIÈRE

Mais vous m'avez dit hier qu'il n'y avait aucune inquiétude à avoir.

LE CHIRURGIEN

Bien sûr, bien sûr, je ne tiens pas à vous affoler. Mais avec ces choses-là, il faut se méfier. Est-on jamais sûr de son diagnostic ? Mieux vaut prévenir que guérir. Et puis vous avez un petit teint pâle qui me tracasse. Vous vous sentez fatiguée, mon enfant ?

Il la caresse.

L'INFIRMIÈRE

Pas particulièrement.

LE CHIRURGIEN

On dit ça, on dit ça. Toutes les mêmes. On ne veut pas avouer qu'on se sent un peu faible, et puis un beau jour : crac. Tenez, allongez-vous donc, ce sera mieux pour vous examiner.

Elle s'étend sur la table d'opération. Il lui caresse les jambes.

LE CHIRURGIEN

Tiens, tiens, on n'a pas mis de collants aujourd'hui ? Vous connaissez pourtant le règlement… Enfin, je ne veux pas vous faire de reproche. Vous êtes une collaboratrice parfaitement dévouée et compétente et j'avoue que ces détails du règlement interne de la clinique me paraissent un peu superflus. Voilà, détendez-vous. Parfait. *(Il fouille dans son corsage.)* Fermez les yeux. Est ce que je vous fais mal là ?

L'INFIRMIÈRE

Non.

LE CHIRURGIEN

Et là ?

L'INFIRMIÈRE

Non… oui… un peu.

LE CHIRURGIEN

Détendez-vous. C'est mignon ça, c'est frais, c'est rose. Une vraie petite poupée.

Il l'embrasse subitement sur la bouche.

Le noir brusquement. Quand la lumière revient, c'est de nouveau la chambre dans laquelle Jo est allongé sur son lit comme tout à l'heure, assoupi sans doute, son journal sur la figure.

La voix de LULU, *lointaine, comme dans un rêve :*

Tu t'es recouché ?

JO *se redresse d'un bond :*

Hein ? Quoi ? *(Il se frotte les yeux.)* Ah ! Oui. Quelle heure est-il ? *(Il jette un coup d'œil au réveil.)*

La voix de LULU

Il est huit heures vingt.

JO

Ah ! Déjà ?

La voix de LULU

Je te rappelle que tu as rendez-vous à neuf heures et demie.

JO

Ah oui ? Tu sais, je me demande si c'est vraiment la peine d'y aller. Ça va encore me coûter deux tickets de métro pour rien.

La voix de LULU

Tu sais ce que je t'ai dit ?

JO

Bien sûr, cocotte, mais que veux-tu que j'y fasse ? Tu sais, ce n'est pas de la mauvaise volonté. Personnellement, je veux bien y aller pour te faire plaisir, mais je vois très bien comment cela va se passer. Enfin, si tu y tiens...

Il se lève et va passer son imperméable par-dessus son pyjama.

Seulement, tu vas encore être déçue, comme d'habitude.

Un rideau que l'on tire laisse apparaître dans un

coin de la scène un bureau devant lequel est assis un homme à la carrure imposante et qui porte de grosses lunettes à monture d'écaille. Il est occupé à griffonner des feuilles volantes. Jo se dirige dans sa direction et frappe à une porte imaginaire.

LE DIRECTEUR

Entrez.

JO *s'avance.*

Bonjour Monsieur, je suis…

LE DIRECTEUR

Minutes. Voyez bien que je suis occupé.

JO

Pardon.

Un temps. L'homme continue d'écrire. Au bout d'un moment il s'interrompt et demande, toujours aussi bourru :

LE DIRECTEUR

Qu'est-ce que c'est ?

JO

Bonjour Monsieur, je suis…

LE DIRECTEUR *rectifie :*

Bonjour Monsieur le Directeur.

JO

Pardon. Bonjour Monsieur le Directeur. Je m'appelle Joseph Dubon.

LE DIRECTEUR

Connais pas.

JO
J'ai rendez-vous pour la place au sujet de laquelle vous avez publié une annonce dans le journal.

LE DIRECTEUR
Ah oui !… Attendez.
Il fouille dans ses papiers. Un temps un peu long au cours duquel Jo finit par s'asseoir.

LE DIRECTEUR
Voilà.
Il lève les yeux et s'aperçoit que Jo s'est assis.
Je vous en prie, asseyez-vous.
Jo se dresse comme un écolier pris en faute.
Pardon.

LE DIRECTEUR
Vous seriez donc intéressé par la place de publiciste que nous proposons. Et bien, nous allons voir ça.
Il se lève et s'approche de Jo qu'il observe de la tête aux pieds.
Ouvrez la bouche.

JO
Pardon ?

LE DIRECTEUR
Ouvrez la bouche . Vous êtes sourd ?

JO, *qui ne comprend pas.*
Non.
Il s'exécute cependant. Le directeur lui examine les dents.

LE DIRECTEUR
Une molaire un peu abîmée là. Enfin, c'est un détail. Ça va, vous pouvez refermer. Mettez-vous à quatre pattes.

JO
Comment ?

LE DIRECTEUR
Non mais vous êtes sourd ou vous le faites exprès ? Je vous dis de vous mettre à quatre pattes.

JO
Ah Bon !
Il exécute sans comprendre.

LE DIRECTEUR
Marchez. *(Jo marche à quatre pattes.)* Stop. Assis ! Faites le beau ! *(Jo fait le beau, comme un chien.)* Redressez-vous !… Mieux que ça !… C'est bon. Marchez encore !… Aboyez maintenant !

JO
Que… ? *(Le directeur le fusille du regard. Jo aboie timidement.)* Ouah !

LE DIRECTEUR
Mieux que ça.

JO
Ouah ! Ouah !

LE DIRECTEUR
Encore.

JO, *y mettant progressivement de plus en plus de conviction :*

Ouah ! Ouah ! Ouah !

LE DIRECTEUR

Encore.

JO

Ouah ! Ouah ! Ouah !... Ouah ! Ouah !... Ouah ! Ouah ! Ouah ! Ouah !...

LE DIRECTEUR *lui lance un coup de pied :*

Ça va, ça va. Couché cabot !... C'est bon. Vous pouvez vous relever. Asseyez-vous. *(Lui-même regagne son bureau.)* Disons que ça pourra aller. Voilà ce dont il est question. La société Cabotin-Caboti, qui s'occupe de dressage de chiens, a décidé de se lancer dans une grande campagne publicitaire à l'occasion de l'exposition canine de Paris. Elle nous a chargé de cette campagne et nous avons pensé à toutes sortes de numéros de chiens, inédits dans la mesure du possible, chacun d'entre-eux se terminant par le slogan lancé par le chien : « société Cabotin : votre chien est malin, société Caboti votre chien obéit. » Oui, je vois, vous allez me demander pourquoi nous ne prenons pas un véritable chien. D'abord parce que la société Cabotin-Caboti n'a jamais été foutue de dresser le moindre corniaud (mais cela ne nous regarde pas) et ensuite parce que, même le chien le mieux dressé n'aurait jamais pu lancer le slogan. C'est donc vous qui tiendrez le rôle du chien.

JO
Moi ?

LE DIRECTEUR
Oui. Mais n'ayez aucune inquiétude. Vous serez grimé de telle façon qu'on vous prendra pour un véritable chien.

JO
Mais…

LE DIRECTEUR *poursuit :*
Et vous toucherez, en plus de vos appointements, une prime de risque, étant donné que vous serez dans une cage avec un certain nombre d'autres chiens qui n'auront pas tous, comme vous, une muselière. Voilà, je vous ai préparé le contrat en triple exemplaire. Vous écrivez lu et approuvé et vous signez.

JO
Mais ce n'est pas du tout pour ce type de travail que je suis venu.

LE DIRECTEUR
Vous postulez bien pour un emploi de publiciste ? Eh bien vous serez chargé de la publicité pour la société Cabotin-caboti.

JO
Vous indiquiez dans l'annonce : nécessité de posséder le sens artistique.

LE DIRECTEUR
Mais le dressage est un art, Monsieur.

JO
Vous parliez aussi d'un emploi stable et d'une situation d'avenir.

LE DIRECTEUR
Ça, c'est ce qu'on dit toujours, sinon on ne trouverait personne.

JO
Je crains de ne pouvoir accepter votre proposition. Ce n'est pas du tout le genre d'emploi que je cherche.

LE DIRECTEUR, *furieux :*
Comment ? Mais monsieur, vous n'imaginez tout de même pas que je vous ai consacré dix minutes pour me voir opposer un refus. Mon temps est précieux et je ne permets à personne de le gaspiller.

JO, *quelque peu insolent :*
Vous m'en voyez désolé. Veuillez accepter mes excuses avec mes souhaits les plus sincères que vous trouviez rapidement le pigeon (ou plutôt le cabot) que vous recherchez.

Il s'apprête à partir.

LE DIRECTEUR
Quoi ? Vous n'imaginez tout de même pas que vous allez vous en tirer avec de vagues excuses. Vous allez signer ce contrat et plus rapidement que ça.

JO
Ça m'étonnerait.

LE DIRECTEUR, *l'attrapant par le col :*
Jeune homme, vous allez signer ce contrat, et tout de suite.

JO
Ne me touchez pas où je mords.

LE DIRECTEUR
Vous quoi ?

JO
Je mords. *(Il aboie violemment :)* Ouah !

LE DIRECTEUR *le lâche, vaincu.*
C'est bon. Puisque vous le prenez sur ce ton… Cependant méfiez-vous Monsieur : vous me paierez cela un jour.

Le rideau reprend sa place, masquant de nouveau le bureau du directeur. On se retrouve donc dans la chambre de Jo. Celui-ci ôte son manteau.

La voix de LULU, *toujours lointaine :*
Tu as encore refusé ?

JO
Écoute, cocotte, il faut comprendre…

La voix de LULU
Tu sais ce que je t'avais dit ?

JO
Ce n'est pas de la mauvaise volonté, mais tu réalises bien que…

La voix de LULU
Ah non ! Ne cherche pas encore des excuses. Maintenant j'en ai assez. Je t'avais prévenu.

JO
Quoi ? Tu m'avais prévenu ?

La voix de LULU
Ne fais pas semblant d'avoir oublié. Tu sais très bien ce que je veux dire. Quand je pense que j'ai refusé ma main à Antoine Cardon simplement parce que je ne voulais pas aller vivre en Afrique. Si j'avais su…

JO
Bof ! Un casseur de nègres.

La voix de LULU
Toujours est-il qu'il a fait fortune là-bas.

JO
Oh ! Moi aussi j'aurais pu faire fortune.

La voix de LULU
On se demande vraiment pourquoi tu ne l'as pas fait.

JO
Parce que j'ai des principes, moi.

La voix de LULU
En tout cas cette fois-ci je te laisse tomber. Je fais ma valise.

JO
Tu crois ça ma grosse Lulu mais je ne te laisserai pas me quitter.

La voix de LULU

Et comment ?

JO

Parce que c'est moi qui te quitterai.

La voix de LULU

Toi ? Alors là, je te fais confiance. Tu tiens bien trop à moi, ne serait-ce que pour te nourrir.

JO

Alors là, détrompe-toi cocotte. Je n'ai besoin de personne. D'ailleurs je vais te le prouver tout de suite.

Il va remettre son manteau, rassemble quelques affaires dont il fait un baluchon puis s'apprête à sortir.

JO

Adieu cocotte. Il y avait justement une annonce dans le journal ce matin. On recherche quelqu'un pour aller faire des fouilles en Amérique du sud dans des tombeaux Incas. J'hésitais à répondre à cause de toi, mais puisque tu le prends ainsi… Seulement tu me regretteras. Et quand je reviendrai, cousu d'or, c'est toi qui me supplieras de te reprendre. Seulement à ce moment-là, on verra, on verra,…

Il sort d'un pas décidé fort de cette menace.

RIDEAU

DEUXIÈME ACTE

Même esprit de décor qu'au premier acte, mais évoquant cette fois le cabinet privé du chirurgien.
La bonne, qui n'est autre que l'infirmière du premier acte, s'active au ménage.
Entre le chirurgien. Comme elle lui tourne le dos, elle ne l'a pas vu arriver. Il s'approche à pas feutrés et la saisit brusquement par la taille. Surprise, elle sursaute et pousse un cri, renversant un vase qui se brise dans sa chute.

LE CHIRURGIEN *éclate de rire.*
Je t'ai fait peur, hein ?

LA BONNE
C'est malin ! Regardez ce que vous avez fait.

LE CHIRURGIEN
Bah ! Ça porte bonheur.

LA BONNE
On dit ça. En attendant, qui c'est qui va se faire engueuler par Madame ?
Elle entreprend de ramasser les morceaux.

LE CHIRURGIEN
Madame n'en saura rien. D'ailleurs je suis sûr qu'elle ignorait qu'il était dans mon bureau.

LA BONNE
Son vase de Chine ? Ça m'étonnerait. Elle m'a fait assez de recommandations à son sujet.

Le CHIRURGIEN *l'aidant à ramasser :*
D'abord, c'était un faux.

LA BONNE
Ça, elle m'a pas dit.

LE CHIRURGIEN *introduisant un doigt dans son corsage :*
Ah ! Cette gorge…

LA BONNE *lui tape sur la main.*
Bas les pattes. C'est pas le moment. Si madame arrivait…

LE CHIRURGIEN
Madame prend son bain.

LA BONNE
Ça va encore faire toute une histoire.

LE CHIRURGIEN
Puisque je te dis qu'elle n'en saura rien. D'ailleurs je lui dirai que c'est moi.

LA BONNE
Alors, elle saura.

LE CHIRURGIEN
Oui, elle saura. Et comme je lui dirai que c'est moi, elle ne dira rien.

LA BONNE
Ça, c'est Monsieur qui le dit.

LE CHIRURGIEN
Et même si elle dit quelque chose, je ne vois pas ce que cela peut faire.

LA BONNE
A Monsieur, rien, mais à moi… Parce que, quoi que dise Monsieur, elle ne manquera certainement pas l'occasion de me passer un savon.

LE CHIRURGIEN
Tu en fais bien des histoires pour un malheureux vase de pacotille. *(Il la saisit par la taille.)* Regardez-moi ça. C'est mignon, c'est frais, c'est rose…

LA BONNE *lui tape sur les mains.*
Bas les pattes. Moi, j'ai à faire.

LE CHIRURGIEN
Laisse donc tomber ton aspirateur. Tu ne sais pas profiter de la vie. Admire un peu la pureté du ciel, écoute le chant des oiseaux : c'est la vie. Il faut savoir en profiter. C'est le printemps, la nature renaît, les arbres reverdissent, les premières fleurs apparaissent, les bourgeons éclatent : tu ne perçois pas toute la beauté, toute la poésie qu'il y a derrière tout cela ?

LA BONNE
Ça fait surtout des poussières.

LE CHIRURGIEN
Tu es déroutante. C'est curieux que la nature, qui t'a pourvue de tant de grâce, ne t'ait pas donné davantage le sens de l'esthétique.

LA BONNE
De quoi ?

LE CHIRURGIEN
De la beauté si tu préfères.
Il l'attrape par les épaules et l'embrasse goulûment dans le cou.
Comme ta peau est douce, comme elle sent bon. Tiens, laisse-moi deviner ton parfum.

LA BONNE
Mon parfum ?

LE CHIRURGIEN
Tais-toi, ne me dis rien. Laisse-moi deviner seul. Ce n'est pas de la lavande, ça a quelque chose de plus fin, de plus délicat. De la rose peut-être. Ou plutôt non, du jasmin. Non, pas du jasmin. Ou alors avec quelque chose d'autre. Un je-ne-sais-quoi un peu indéfinissable.

LA BONNE
Si Monsieur croit que j'ai le temps de me parfumer, il se fourre le doigt dans l'œil.

LE CHIRURGIEN *la lâche, vaincu.*
Tu es décourageante. Tu gâches toujours tout.
Un temps. Elle s'est remise à l'ouvrage.
Il faudra tout de même que je t'examine. Cette petite

grosseur à ton sein gauche m'inquiète. Il faut se méfier avec ces histoires là, on ne sait jamais ce que cela cache.

LA BONNE
Monsieur m'a déjà examiné hier, et avant d'hier, et tous les autres jours de la semaine, alors s'il permet… ?

LE CHIRURGIEN
Folle que tu es. Tu attends donc que ce soit incurable ? Fais voir. *(Il l'a prise et la caresse avidement.)* Ah ! C'est bon, c'est frais, c'est jeune, ça ne demande qu'à être caressé.

LA BONNE
Oui, eh bien que Monsieur fasse vite parce que moi j'ai encore le salon et les chambres à faire avant d'aller aux commissions.

Il l'embrasse, la caresse un peu partout, elle se laisse faire, impassible.
Entre Rirette, une fillette d'une quinzaine d'années.

RIRETTE
Papa.

LE CHIRURGIEN
Mais non, pas papa. Je ne suis pas si vieux. *(Réalisant soudain, il se dégage rapidement.)* Quoi papa ? J'ai déjà dit que je ne voulais pas qu'on me dérange quand je suis avec un patient.

RIRETTE
Tu n'es pas avec un patient, tu es avec la bonne.

LE CHIRURGIEN
Je t'ai déjà dit de ne pas l'appeler la bonne. Elle porte un nom, comme tout le monde. Et puis je ne vois pas pourquoi je ne pourrais pas l'examiner comme n'importe quel patient.

RIRETTE
Pourquoi, elle est malade ?

LE CHIRURGIEN
Oui, elle est malade.

RIRETTE
Qu'est-ce qu'elle a ?

LE CHIRURGIEN
Elle a une grosseur au… D'abord, ça ne te regarde pas. Je t'ai expliqué cinquante fois ce qu'est le secret professionnel. *(Il demande:)* Qu'est-ce que tu veux ?

RIRETTE
Dix euros.

LE CHIRURGIEN
Dix euros ? Et pour quoi faire ?

RIRETTE
Je ne peux pas te le dire.

LE CHIRURGIEN
Comment ça tu ne peux pas me le dire ?

RIRETTE
Non, je ne peux pas.

LE CHIRURGIEN
Alors, tu n'auras rien.

RIRETTE
Je serai punie.

LE CHIRURGIEN
Tu seras punie ? Et par qui ?

RIRETTE
Par mon professeur.

LE CHIRURGIEN
Quel professeur ? Non mais qu'est-ce que ça veut dire ? Tu as des professeurs qui te demandent de l'argent et qui ne disent même pas pourquoi ? Qu'est-ce que c'est que cette histoire ? Ils organisent des cours de racket dans ton lycée ?

RIRETTE
C'est une surprise

LE CHIRURGIEN
Une surprise ? Pour qui ? Pour moi ?

RIRETTE, *à regret :*
Oui.

LE CHIRURGIEN
Ah ! C'est pour la Fête des Pères ?

RIRETTE, *déçue :*
Oui.

LE CHIRURGIEN
Tu n'avais qu'à le dire. D'abord pourquoi n'as-tu pas demandé à ta mère ?

RIRETTE
Elle n'a pas voulu. Elle a dit qu'elle avait déjà donné pour la Fête des Mères.

LE CHIRURGIEN
Ah bon ! *(Il fouille dans son portefeuille.)* Elle t'avait donné combien ?

RIRETTE
Dix euros.

LE CHIRURGIEN *lui tend un billet :*
Tiens, en voilà vingt. Et puis file maintenant, tu vas être en retard.

RIRETTE
Merci papa.
Elle l'embrasse à la sauvette et sort.

LE CHIRURGIEN *a un sourire ému :*
Brave petite.

Entre Clara, une femme de quarante-cinq ans environ, bien de sa personne mais un peu sèche.

CLARA
Tu es là ?

LE CHIRURGIEN
Apparemment.

CLARA, *à la bonne :*
Vous n'avez pas encore terminé le bureau de Monsieur ?

LA BONNE
Si, Madame. Ça y est.
Elle ramasse ses poussières et s'apprête à sortir.

CLARA
Vous tâcherez de ne pas oublier de donner un coup de chiffon à la commode du salon cette fois.

LA BONNE
Oui madame.

CLARA
Et puis vous pourrez dire au plombier que le robinet de la cuisine ne fuit plus et qu'il est inutile qu'il revienne tous les jours. Quand il y aura quelque chose, on le rappellera.

LA BONNE
Bien Madame.
Elle sort.

CLARA
Tu as vu comment elle me parle ?

LE CHIRURGIEN
Elle a dit « bien Madame, oui madame », je ne vois rien de très particulier.

CLARA
Peut-être, mais sur quel ton.

LE CHIRURGIEN
Je n'ai pas trouvé qu'elle avait un ton particulier.

CLARA
Évidemment, devant toi elle s'abstient. Mais ce n'est pas l'envie qui lui manque. Naturellement, ce sont là des nuances qui t'échappent. Tu ne connais pas les femmes.

LE CHIRURGIEN
Je te connais, c'est déjà beaucoup. Mon expérience en ce domaine m'incline à limiter mes ambitions.

CLARA
Cesse de faire de l'esprit. Je me demande vraiment pourquoi je t'ai épousé.

LE CHIRURGIEN
Probablement parce que nous faisons tous des bêtises. Console-toi, j'ai fait la même.

CLARA
Quand je pense à ce que j'aurais pu être. À vingt ans, tous les hommes me couraient après. Je n'avais qu'à choisir.

LE CHIRURGIEN
Et tu as choisi.

CLARA
Ce n'est pas ce que j'ai fait de mieux.

LE CHIRURGIEN
Ça dépend pour qui.

CLARA

Le fils Brugnon a voulu se suicider quand il a appris nos fiançailles.

LE CHIRURGIEN

Il a bien fait d'y renoncer. D'ailleurs il s'est consolé en épousant les conserves « Océan » ce qui, considéré sous un angle pratique, n'était pas un mauvais choix.

CLARA

La fille des conserves « Océan » ? Elle avait une jambe plus courte que l'autre.

LE CHIRURGIEN

Peut-être, mais cette légère disgrâce physique était largement compensée par une affaire cotée en bourse.

CLARA

Je me demande vraiment comment j'ai pu te prêter attention.

LE CHIRURGIEN

Je ne voudrais pas me flatter, mais dans le cercle de tes fréquentations, j'étais sans doute un des plus brillants.

CLARA

Tu ne te mouches pas du pied. Tu venais tout juste de terminer ta médecine et tu n'avais même pas de spécialité.

LE CHIRURGIEN

Tandis que toi tu avais dix-neuf ans et tu n'avais pas encore décroché ton baccalauréat.

CLARA

Parce que je n'avais pas voulu. D'ailleurs tous mes professeurs me considéraient comme très intelligente. Ils disaient que j'aurais pu être brillante.

LE CHIRURGIEN

Que tu aurais pu… je ne te le fais pas dire.

CLARA

Pourquoi m'as-tu épousée alors ?

LE CHIRURGIEN

J'avoue que c'est une question à laquelle je n'ai jamais su répondre.

CLARA

Tartuffe ! Hypocrite ! Tu veux que je te le dise moi, pourquoi tu m'as épousée ? Parce que tu n'avais pas un sou et que tu lorgnais l'argent de mon père.

LE CHIRURGIEN

Qui ne le lâchait pas facilement.

CLARA

Pas fou. Tu penses bien qu'il t'avait vu venir.

LE CHIRURGIEN

Je dois reconnaître que c'est un homme qui avait un solide sens de l'économie. Dommage que tu n'aies pas hérité de cette qualité.

CLARA

Et pingre en plus. Décidément tu as tous les défauts.

LE CHIRURGIEN
Ce n'est pas un défaut. Il est bien connu que ton père n'avait pas de défaut.

CLARA
Qu'est-ce que tu lui reproches à mon père ? C'était un homme courageux, qui s'était fait tout seul et qui avait gagné une sorte de renom dans son milieu.

LE CHIRURGIEN
Oui… la boucherie.

CLARA *précise :*
Chevaline. Ne dénigre pas.

LE CHIRURGIEN
Je ne dénigre pas, mais je ne vois pas non plus ce que cela ajoute.

CLARA
On voit bien que tu n'y connais rien. Pour quelqu'un qui est de la partie, ce n'est pas très fort.

LE CHIRURGIEN
De la partie ?

CLARA
Qu'est-ce que tu crois ? Parce que tu es chirurgien ? Tu découpes de la viande comme les autres.

Le chirurgien hausse les épaules, préférant ne pas répondre. Un temps puis :

CLARA *demande :*
Tiens ? Où est passé le vase de Chine ?

LE CHIRURGIEN
Le quoi ?

CLARA
Le vase de Chine ?

LE CHIRURGIEN, *distrait :*
Je ne sais pas.

CLARA
Je parie que c'est encore Marie.

LE CHIRURGIEN
Marie ?... Quoi ?... *(Puis réalisant soudain :)* Ah ! Le Chine ? Une maladresse, je l'ai fait tomber, il s'est cassé.

CLARA
Tu as cassé mon vase de Chine ?

LE CHIRURGIEN
Oui. Un faux mouvement, je l'ai foutu parterre. Ce n'est d'ailleurs pas une grosse perte.

CLARA
Et quand l'as-tu cassé ?

LE CHIRURGIEN
Tout à l'heure.

CLARA
Comment as-tu fait ?

LE CHIRURGIEN
Je ne sais pas. J'ai dû l'accrocher au passage et il est tombé.

CLARA
Je suis sûr que c'est encore Marie et tu dis cela pour la protéger.

LE CHIRURGIEN
Absolument pas. J'ai cassé ce vase, je ne vois pas pourquoi je dirais le contraire. Il n'y a d'ailleurs pas de quoi en faire une affaire d'État : c'était un faux et une horreur ce truc.

CLARA
Comment ça une horreur ? C'était un cadeau de ma mère.

LE CHIRURGIEN
Justement.

CLARA
C'était un original qu'elle avait payé une fortune.

LE CHIRURGIEN
Dommage qu'elle ait oublié d'effacer l'estampille du Bazar de l'Hôtel de Ville. Note bien qu'ils ont peut-être une succursale à Pékin.

CLARA
Je me demande ce que nous attendons pour la mettre à la porte.

LE CHIRURGIEN
Ta mère ?

CLARA
Non pas ma mère. Marie bien sûr. Un véritable pou.

LE CHIRURGIEN
Bof ! Celle-là ou une autre…

CLARA
Évidemment : ça t'est égal. Je ne suis pas servie mais tout cela ne te concerne pas. Il est vrai qu'elle ne peut pas tout faire : elle passe son temps à courir. Il ne se passe pas de jour sans que je la surprenne avec le plombier.

LE CHIRURGIEN
C'est de son âge.

CLARA
C'est cela, prends sa défense. Il fut tout de même un temps où nous étions un peu mieux servis.

LE CHIRURGIEN
Quand ? Tu n'as jamais gardé une bonne plus de six mois.

CLARA
La faute à qui ? J'ai besoin d'une bonne et tu engages une paire de fesses.

LE CHIRURGIEN
C'est qu'il me paraît difficile de trouver l'un sans l'autre.

CLARA
Entre parenthèse, je te signale que celle-là me vole.

LE CHIRURGIEN
Te vole ?

CLARA
Parfaitement. Pas plus tard qu'hier, j'ai retrouvé deux de mes collants dans sa chambre.

LE CHIRURGIEN
Je suppose qu'ils étaient filés et que tu allais les jeter.

CLARA
Je ne les avais pas encore jetés. Et puis tu trouves sans doute normal que la bonne aille à trous. Ah ! On a beau dire : autrefois les domestiques avaient une autre classe. Je me souviens chez mes parents…

LE CHIRURGIEN
Je ne sache pas qu'il y ait jamais eu de domestiques chez tes parents.

CLARA
Des comme ça ? Sûrement pas. Nous préférions encore nous en passer. Mon père n'aurait jamais admis.

LE CHIRURGIEN
Ton père était sans doute un brave homme mais disons qu'il n'avait rien d'un aristocrate.

CLARA
Mon père était un honnête homme qui a travaillé toute sa vie. Ce n'est pas comme le tien qui a trafiqué avec les Allemands.

LE CHIRURGIEN
Mon père n'a pas fait le moindre trafic : ses usines

ont été réquisitionnées et il a d'ailleurs tout perdu.

CLARA
Il ne faut pas demander s'il était doué pour les affaires.

LE CHIRURGIEN
Il l'était sûrement moins que le tien : c'est un fait.

CLARA
Tes allusions ne me touchent pas. Quand les Allemands venaient se ravitailler chez nous, mon père leur refilait du chat pour du lapin.

LE CHIRURGIEN
Comme ça c'était tout bénéfice !

CLARA
Tu n'as jamais rien compris à la résistance

LE CHIRURGIEN
Surtout à celle-là. Mais comme il est peu probable que je comprenne en cinq minutes ce que je n'ai pas réussi à comprendre en quarante ans, je pense que nous pourrions remettre cette petite conversation à plus tard. J'ai un article très important à écrire pour la revue de médecine et j'aimerais pouvoir le faire tranquillement.

CLARA
Ah ! Elle a bon dos la revue de médecine. Seulement quand c'est la bonne qui est dans ton bureau elle peut attendre.

LE CHIRURGIEN

Je ne vois pas ce que la bonne vient faire là-dedans.

CLARA

Moi non plus. Ou plutôt si, je vois très bien. Tu crois que je ne sais pas pourquoi elle traîne dans ton bureau tous les matins ? Ah ça ! il est fait à fond le bureau de Monsieur.

LE CHIRURGIEN

Tu ne vas tout de même pas le lui reprocher.

CLARA

Nie qu'elle te fait envie.

LE CHIRURGIEN

Tu dis n'importe quoi.

CLARA

Tu crois que je ne vois pas comment tu lorgnes dans son corsage quand elle sert à table ?

LE CHIRURGIEN

Marie ne sert jamais à table.

CLARA

Encore heureux. Tu ne voudrais tout de même pas qu'un pou pareil serve à table.

LE CHIRURGIEN, *las :*

Non, je ne voudrais pas. Je voudrais seulement pouvoir écrire mon article tranquillement.

CLARA

Tu couches avec elle, n'est-ce pas ?

LE CHIRURGIEN
C'est incroyable ce que tu peux dire comme âneries.

CLARA
Pauvre imbécile. Tu ne te rends même pas compte à quel point elle se joue de toi. Mon Dieu ce que ça peut être bête un homme. Ça se laisse tourner la tête par le premier jupon qui passe sans même remarquer si elle a de grosses jambes ou si elle sent la marée.

LE CHIRURGIEN
Marie n'a pas de grosses jambes.

CLARA
Ah ! Tu vois que tu les regardes.

LE CHIRURGIEN
Pas spécialement. Mais disons qu'elle est plutôt mince.

CLARA
Je t'en prie : épargne-moi les détails de son anatomie. Tu ne te rends même pas compte à quel point tu es ridicule. Si seulement elle était ta maîtresse, mais pas folle la guêpe. Elle se laisse bien caresser un peu à la sauvette parce que tu es son patron et qu'un petit billet de temps en temps c'est toujours bon à prendre, mais à la première occasion venue, elle file retrouver son plombier : le spécialiste des robinets qui ne fuient pas. Ah ! Ils doivent bien rigoler tous les deux. Ils doivent s'en payer une tranche sur ton compte.

LE CHIRURGIEN
Écoute, tout cela est fort intéressant. Tu sais que je ne me lasse jamais de ta conversation, mais étant donné le travail qui m'attend, nous pourrions peut-être remettre celle-ci à plus tard.

CLARA
N'essaie pas de te dérober, c'est un peu trop facile. D'ailleurs, j'ai à te parler. C'est très important.

LE CHIRURGIEN
Tu es sûre que ça ne peut pas attendre ?

CLARA
Non, ça ne peut pas attendre

LE CHIRURGIEN
Combien ?

CLARA
Quoi, combien ?

LE CHIRURGIEN
Si tu as besoin d'argent, dis tout de suite combien : ça nous fera gagner du temps.

CLARA
Quand ce n'est pas la bonne, c'est ton argent : il n'y a que ça qui te préoccupe. Mon pauvre ami.

LE CHIRURGIEN
Tu n'as donc pas besoin d'argent. Ça c'est une bonne nouvelle.

CLARA
Si, j'ai besoin d'argent, mais c'est d'autre chose qu'il

est question. Si tu crois que c'est avec ce que tu me donnes que je peux m'en sortir… Je n'ai plus rien à me mettre sur le dos pour l'hiver.

LE CHIRURGIEN
Et ton vison ?

CLARA
Râpé jusqu'à la corde.

LE CHIRURGIEN
Tu ne l'as mis que deux hivers.

CLARA
Deux hivers ! Et tu dis cela sans gêne. D'abord ce n'est pas deux mais trois. Et figure-toi que depuis trois ans, la mode a changé. Enfin si tu préfères que ta femme ait l'air d'une clocharde…

LE CHIRURGIEN
D'ici l'hiver, nous aurons le temps de voir venir.

CLARA
Peut-être, mais les soldes seront terminés.

LE CHIRURGIEN
Les soldes sur le vison, tu sais… Et puis je ne voudrais pas que ma femme ait un manteau de soldes.

CLARA
Fais le généreux. Tant que tu ne débourses pas, ça ne te coûte rien.

LE CHIRURGIEN
C'est très juste ce que tu dis là.

CLARA
Mais oui, fais de l'esprit. Et pendant ce temps-là, ta femme est rongée par les soucis.

LE CHIRURGIEN
Hélas ! Je ne sais d'ailleurs pas lesquels, mais sois assurée de ma compassion.

CLARA
Il s'agit de ta fille si tu veux le savoir. Ta fille dont tu t'occupes si mal.

LE CHIRURGIEN
Allons bon. Rirette ? Qu'est-ce qu'elle a encore fait ?

CLARA
Il ne s'agit pas de Rirette. Rirette est une enfant mal élevée mais qui pourrait lui en tenir rigueur ? Son père ne s'est jamais occupé de son éducation.

LE CHIRURGIEN
Tu sais que c'est un domaine dans lequel je t'ai toujours fait entièrement confiance. Maintenant si c'est de Lulu qu'il est question, elle a vingt-cinq ans et c'est un âge où elle peut tout de même commencer à voler de ses propres ailes.

CLARA
Elle pourrait, si elle n'était pas si faible. Malheureusement, elle est comme sa mère : une victime sans défense.

LE CHIRURGIEN
Et de quoi est-elle victime ?

CLARA
De son bon cœur et de sa bêtise.

LE CHIRURGIEN
Comme sa mère.

CLARA
C'est fou ce que tu es drôle !

LE CHIRURGIEN
N'est-ce pas ?

CLARA
Tu te souviens, je suppose, de ce garçon qu'elle avait fréquenté autrefois ?

LE CHIRURGIEN
Lequel ? Je n'ai jamais tellement surveillé ses fréquentations.

CLARA
Elle n'en a jamais fréquenté qu'un. Elle n'est pas comme sa sœur qui ne pense qu'à courir comme…

LE CHIRURGIEN
La bonne.

CLARA
Dis plutôt comme son père.

LE CHIRURGIEN
Si tu veux.

CLARA
Tu sais bien, ce type de je-ne-sais-quoi, ce va-nu-pieds, moitié artiste, moitié crado…

LE CHIRURGIEN

Tu parles de l'hurluberlu qui était venu me demander sa main et que j'avais foutu à la porte. Qu'est-ce qu'il est devenu ? En taule ?

CLARA

Ce serait trop beau. Il était parti en Amérique du Sud, faire des fouilles dans les tombeaux incas paraît-il.

LE CHIRURGIEN

Bonne idée. Les voyages forment la jeunesse. Et puis ils favorisent l'éloignement.

CLARA

Seulement voilà, Lulu n'a cessé de lui écrire pendant tout le temps qu'il était là-bas. Elle aurait pu finir par se lasser. Six ans c'est long. Et bien non. Le voilà qui revient, fortune faite, et apparemment toujours disposé à l'épouser.

LE CHIRURGIEN

Elle est d'accord ?

CLARA

Un peu qu'elle est d'accord. Six ans qu'elle l'attend.

LE CHIRURGIEN

Le moins qu'on puisse dire, c'est qu'elle a de la constance et qu'elle est fidèle.

CLARA

Pas comme son père.

LE CHIRURGIEN
Alors celle-là, je ne m'y attendais pas.

CLARA
C'est tout ce que ça te fait ?

LE CHIRURGIEN
Elle a vingt-cinq ans, elle est majeure, vaccinée, elle fait pipi toute seule... Si elle a réellement l'intention de l'épouser, je ne vois pas très bien ce qui pourrait l'en empêcher. Surtout si elle l'attend depuis si longtemps. Ça montre une certaine détermination

CLARA
Tu ne trouves rien d'autre à dire ?

LE CHIRURGIEN
Je cherche… Non, je ne vois pas.

CLARA
Ta fille s'apprête à épouser un traîne savate et tu trouves ça normal.

LE CHIRURGIEN
Je n'ai pas dit que je trouvais ça normal j'ai dit que je n'y pouvais rien : nuance.

CLARA
Tu ne compte tout de même pas la laisser faire ?

LE CHIRURGIEN
Ai-je seulement les moyens de l'en empêcher ? Je te répète qu'elle est majeure.

CLARA
Elle est majeure, elle est majeure… c'est une enfant, tu le sais bien.

LE CHIRURGIEN
Nous sommes tous des enfants. Mais légalement, elle n'en est plus.

CLARA
Mais enfin tu le connais : c'est un voyou, une crapule, une nullité. Tu l'avais toi-même fichu dehors lorsqu'il était venu te demander la main de Lulu.

Jo, en pyjama, traverse la scène en menaçant :

JO
Nous nous retrouverons, Docteur, nous nous retrouverons, je vous en fais le serment. Et pour une scène où les rôles ne seront peut-être pas tout à fait identiques.

Il disparaît comme il était venu. Ni Clara ni le chirurgien ne semblent l'avoir vu.

LE CHIRURGIEN *poursuit :*
Disons qu'à l'époque, le contexte n'était pas tout à fait le même. Lulu était mineure, lui aussi, il n'avait pas de situation, bref j'avais des arguments. Aujourd'hui c'est un peu plus difficile.

CLARA
Parce que tu crois qu'aujourd'hui il a une situation ?

LE CHIRURGIEN
Tu m'as dit toi-même qu'il avait fait fortune.

CLARA
De quelle manière ? Probablement en pillant les tombeaux incas et en faisant du trafic.

LE CHIRURGIEN
Ça, nous n'en savons rien et il est probable que nous n'en saurons jamais rien.

CLARA
Tu imagines cette espèce d'hurluberlu malpropre se promenant au bras de ta fille ?

LE CHIRURGIEN
Il est peut-être moins bohème qu'il n'a été. S'il a fait fortune, il peut s'habiller.

CLARA
On n'a pas fini de jaser dans le pays. De quoi allons-nous avoir l'air ?

LE CHIRURGIEN
Personne ne le connaît et nul ne se soucie de savoir d'où il vient.

CLARA
Tu crois cela ? Tu penses bien que tout se sait. On va en faire des gorges chaudes. « Vous savez la petite crapule qui avait fait chanter le docteur Dalembert autrefois… ? Et bien il est revenu. Il va épouser la fille. » Ça va devenir la fable de tout le pays.

LE CHIRURGIEN
Surtout si c'est toi qui la leur racontes

CLARA
Moi ou quelqu'un d'autre, ils finiront de toute façon par tout savoir. Dans les petits pays tout se sait. Il vaudra d'ailleurs peut-être mieux que ce soit par moi qu'ils l'apprennent, ça évitera que l'histoire soit déformée.

LE CHIRURGIEN
Et aussi qu'on omette certains détails.

CLARA
Tu ne va tout de même pas prendre sa défense ?

LE CHIRURGIEN
Je crois préférable d'observer tout cela de très loin.

CLARA
Somme toute, il te plaît ce type.

LE CHIRURGIEN
Dire que je serais prêt à l'épouser serait sans doute très exagéré. Toutefois, les choses étant ce qu'elles sont j'en prends non parti.

CLARA
Veux-tu que je te dise ? Tu es répugnant. Tu n'es qu'un misérable égoïste. Tu n'as jamais pensé qu'à toi. Ah ! Ça t'est bien égal si je dois crever de honte. Bon sang, si j'avais su… Je n'ai plus qu'à aller finir mes jours dans un couvent pour y cacher ma honte.

LE CHIRURGIEN
Un conseil, ne choisis pas les carmélites parce que chez elles, la règle c'est le silence.

CLARA
Et vas-y donc. Fais de l'esprit. Tout cela est tellement drôle.

LE CHIRURGIEN
Disons qu'avec toi, rien n'est jamais tout à fait triste.

CLARA
Tu ne te rends vraiment pas compte à quel point tu es ridicule.

LE CHIRURGIEN
Oh si ! je m'en rends compte. C'est d'ailleurs ce qui nous différencie.

CLARA
J'aime mieux ne pas discuter, tiens.

LE CHIRURGIEN
Ce n'est pas vrai ?

Elle hausse les épaules et va pour sortir.

LE CHIRURGIEN *demande :*
Et c'est pour quand ?

CLARA
Quoi ?

LE CHIRURGIEN
Le retour de l'enfant prodigue ?

CLARA

Si seulement je le savais. Mais ce pignouf n'a même pas jugé bon de préciser la date de son arrivée.

LE CHIRURGIEN

A vrai dire, rien ne presse.

CLARA

Et comment vais-je faire pour prendre rendez-vous chez le coiffeur ?

LE CHIRURGIEN

Évidemment, c'est ennuyeux. Que va-t-il penser de sa future belle-mère ?

CLARA

Ce qu'il peut penser m'est bien égal. Seulement j'ai ma dignité moi.

LE CHIRURGIEN

Nous lui expliquerons que nous le recevons en toute simplicité.

CLARA

Toujours tes plaisanteries fines. Il est vrai qu'il y a de quoi. Tout cela est follement drôle.

LE CHIRURGIEN

Il va peut-être nous rapporter une potiche inca pour remplacer le vase de Chine. Directement importée du B. H. V. de Lima.

CLARA

Tu es trop stupide. Je renonce à discuter.

Elle s'apprête à sortir.

LE CHIRURGIEN
Pour la seconde fois en deux minutes.

CLARA
Tu n'es pas seulement ridicule : tu es grotesque. Et tu ne t'en rends même pas compte.
Elle sort, furieuse.

LE CHIRURGIEN *demeure un instant pensif puis conclut simplement :*
Si, je m'en rends compte.

RIDEAU

TROISIÈME ACTE

Un guéridon, un canapé, deux fauteuils, une commode : c'est le salon de la villa du chirurgien.

Dans un fauteuil, un homme dont le visage est dissimulé par le journal qu'il lit.

On entend, comme dans un rêve, avec une sorte d'écho qui rend tout cela irréel :

la voix de JO

Celle-ci s'était éprise, il y a quelques années, d'un jeune homme de condition modeste. La liaison, d'abord mal acceptée par la famille de la jeune fille, avait fini par être admise après que le jeune homme eut fait fortune en Amérique du Sud.

Un temps. L'homme replie son journal : c'est Jo. Impeccablement habillé, un peu trop même pour que cela fasse vrai, il se dresse, excédé, et commence à arpenter furieusement la pièce.

JO

Non mais ils ont l'intention de me faire attendre encore longtemps ces vieux cons ?

Un temps. Il regarde subitement dans la direction d'une porte imaginaire, comme si quelqu'un venait d'entrer.

Déjà ? J'ai failli attendre. *(Un temps.)* C'est bon. Gardez votre baratin pour vous. Où est Lulu ? *(Encore un temps.)* Inutile de finasser avec moi. Autant vous prévenir tout de suite : je n'ai pas l'intention de m'en laisser compter. Cette fois, les choses ont changé. J'ai bien l'intention d'épouser Lulu et je l'épouserai, de gré ou de force. Alors, économisez votre salive, ce sera autant de gagné. Rappelez-vous ce que je vous avais dit, docteur : « Je reviendrai. » Eh bien, vous voyez, j'ai tenu parole. Et puis attention : pas d'initiative maladroite. *(Il pointe ses deux doigts comme un pistolet.)* Un seul geste et je vous abats comme un chien. Vous n'avez aucune chance de m'encercler, vous êtes tout seul.

Un silence. Jo est resté figé, pensif. Il reprend soudain, se parlant à lui-même sur un ton différent, tout en rengainant son pistolet imaginaire dans sa poche.

Non, ça, ça ne va pas. D'ailleurs, je n'ai pas de revolver. Il faut au contraire lui en mettre plein la vue. De la classe, de la distinction : c'est ce qui épate le bourgeois.

Il prend un peu de recul et s'adresse de nouveau à un personnage imaginaire qui viendrait d'entrer, prenant un air très snob.

Cher Monsieur… Mais je vous en prie… Pardonnez le caractère quelque peu importun de ma visite mais je n'ai pu résister au désir ardent de voler au plus tôt au devant de ma dulcinée. *(Un temps. Il toise son interlocuteur.)* Tsss ! Tsss ! J'eusse aimé que l'on se tut pendant que je parlassas *(Il remarque :)* Oui, ça, je ne sais pas si c'est bien français. *(Il explose soudain :)* Nom de Dieu, ils vont me faire poireauter encore longtemps ces cons- là ?

LE CHIRURGIEN *entre.*
Bonjour Monsieur Dubon. Pardonnez-moi de vous avoir fait attendre. Mais !... *(Il s'étonne :)* vous êtes seul ? Il m'avait semblé entendre parler. Asseyez-vous, je vous en prie… Cigarette ? *(Jo prend une cigarette.)* Avez-vous fait bon voyage ? Ah ! L'Amérique du Sud : berceau des plus vieilles civilisations… Ce doit être merveilleux. L'étude de la culture inca doit être passionnante.

JO *demande, sombre :*
Où est Lulu ?

LE CHIRURGIEN
Malheureusement, elle n'est pas là. Il faut l'excuser. Nous ne connaissions pas le jour exact de votre retour et...

JO *le coupe :*
Elle n'habite plus ici ?

LE CHIRURGIEN
Si, bien sûr, n'ayez crainte. Elle s'est seulement

absentée pour la journée et ne devrait d'ailleurs plus tarder. *(Un temps. Il demande :)* Il paraît que vous avez brillamment réussi.

JO *a une moue boudeuse :*
Ça va.

LE CHIRURGIEN
Vous comptez vous établir par ici ?

JO
Je ne sais pas. Faut voir.

LE CHIRURGIEN
Il y a quelques propriétés en vente dans la région. L'une d'elles vous conviendrait peut-être.

JO
Je ne sais pas. Faut voir.

LE CHIRURGIEN
Nous avons un ami notaire. Il pourrait avoir des propositions intéressantes à vous présenter.

JO
Je ne sais pas. Faut voir.

LE CHIRURGIEN
Vous souhaiteriez trouver quoi au juste ?

JO
Je ne sais pas.

LE CHIRURGIEN
Évidemment, faut voir.

JO
J'allais le dire.

LE CHIRURGIEN
J'ai entendu parler d'une villa sur la route de Tracy. Elle vaudrait à peu près cinq cent mille euros à ce qu'on dit.

JO
Faut voir.

LE CHIRURGIEN
Ah ! Il y a aussi une jolie propriété en sortie du pays, de l'autre côté. Mais elle vaut plus de sept cent mille euros.
Jo a un geste vague qui signifie : « Faut voir. »

LE CHIRURGIEN
Ah ! Et puis il y a la propriété des Lapince qui ont quitté la région. Mais elle vaut bien un million d'euros.
Même geste vague de Jo.
Il y a aussi Kaput, l'ancien ministre qui vend sa propriété. Très joli parc paysagé. Mais là, c'est plus de deux millions, peut-être même trois ou quatre.

JO
Vous n'avez pas fini de réciter votre catalogue, Docteur ? Vous croyez que je ne vous vois pas venir avec vos gros sabots ?

LE CHIRURGIEN
Je ne comprends pas.

JO
Vous me prenez pour un idiot sans doute. Vous croyez peut-être que je n'ai pas compris où vouliez en venir avec vos litanies ? La villa à cinq cent mille euros, puis à un million, puis deux, puis trois… Vous avez l'intention d'aller loin comme ça ? Si vous voulez, je peux vous faire une photocopie de mon relevé de compte bancaire, comme ça, ça vous évitera de poser des questions idiotes.

LE CHIRURGIEN
Vous vous méprenez. Je n'ai pas voulu vous froisser.

JO
Ne vous fatiguez pas. Vos salades, ça ne m'intéresse pas. Ce qui m'intéresse, c'est Lucie. C'est elle que je suis venu voir.

LE CHIRURGIEN
Naturellement. J'espère que vous ne tarderez pas à être satisfait.

JO
Ça veut dire quoi « j'espère » ?

LE CHIRURGIEN
Oh ! Ça ne veut rien dire. C'est seulement que je ne sais pas à quelle heure elle doit rentrer.

***JO** s'est dressé*
devant lui.

C'est peut-être aussi que vous n'êtes pas pressé que je la rencontre, n'est-ce pas ?

LE CHIRURGIEN, *inquiet :*
Ne… Ne croyez surtout pas cela. Je sais que vous êtes bien décidé. Elle aussi. Par conséquent…

JO
Par conséquent : la ferme ! Oui, docteur, je suis bien décidé. Et quoi que vous disiez, quoi que vous pensiez, quoi que vous fassiez, rien ne m'arrêtera. Vous avez bien compris ? Rien. Surtout pas vous.

LE CHIRURGIEN
Mais je n'ai pas la moindre intention…

JO
Et lâche, en plus. Même pas le courage de ses opinions. Ah ! Elle est belle la bourgeoisie française ! Vous étiez plus fanfaronnant devant un môme de dix-huit ans. Seulement voilà, le môme a grandi. Alors, on se sent beaucoup moins sûr. On est même pas très loin de faire dans sa culotte.

LE CHIRURGIEN, *tentant de sauver sa dignité :*
Monsieur, je vous en prie…

JO
Oh ! Ça va hein. La leçon de morale, une fois, ça passe. La deuxième, ça lasse. Surtout pour ce qu'elle vaut votre morale. Parce que ça porte un col blanc et une cravate, ça s'imagine être plus propre que les autres. *(Il rajuste sa propre cravate.)* Oui, je sais, moi aussi. Mais moi c'est pas pareil. Vous feriez bien de vous regarder dans une glace, Docteur. Vous verriez

si vous avez tellement lieu d'être fier et si vous êtes si propre que ça. Tenez, vous avez une tâche au col de votre veston. *(Surpris, le chirurgien regarde son col.)* Ah ! Non, c'est la Légion d'honneur.

LE CHIRURGIEN

Je suppose que vos paroles ont dépassé votre pensée. Enfin, oublions cet incident.

Un temps un peu lourd.

LE CHIRURGIEN, *histoire de meubler le silence :*

Ce doit être un beau pays le Pérou.

Jo ne répond pas.

On y fait rapidement fortune paraît-il ? C'est tellement rentable les fouilles des tombeaux incas ?

JO

Et vas y, c'est reparti.

LE CHIRURGIEN

Plaît-il ?

JO

Ça va durer encore longtemps votre numéro ? Qu'est-ce que vous craignez ? Qu'il soit pas propre mon argent ? C'est ça que vous pensez, hein ? Seulement comme vous n'avez même pas le courage de le dire clairement, vous prenez des chemins détournés.

LE CHIRURGIEN

Vous vous méprenez totalement. Je n'ai pas voulu dire ça.

JO
Vous n'avez pas voulu le dire parce que vous craignez pour votre portrait, mais c'est bien ce que vous pensez. Parce que vous vous dites qu'un type comme moi, quand ça fait fortune, il y a forcément quelque chose de louche. *(Il l'attrape par le col.)* Écoutez-moi bien docteur. Vos salades ne m'intéressent pas. Alors vous, de votre côté, ne vous occupez pas des miennes. Je suis revenu pour épouser Lucie, et uniquement pour ça, que cela vous chante ou non. Alors mieux vaut que vous vous fassiez tout de suite une raison. J'aime Lulu autant qu'elle m'aime. Vous me reprochiez autrefois ma pauvreté : le problème est résolu. Lulu aura tout ce qu'elle voudra, et même plus que ça. Tout ce dont elle a besoin et aussi tout ce dont elle n'a pas besoin. Quant au reste, ça ne vous regarde pas ? Compris ?

LE CHIRURGIEN
Mais bien sûr

JO
Par conséquent, les questions à la con maintenant, c'est fini. Sinon, qui c'est qui va se retrouver avec sa gueule en petits morceaux et qui va être obligé d'aller voir un confrère qui fait de la chirurgie esthétique ?

CLARA *entre entre en trombe.*

C'est incroyable.

Elle s'arrête, surprise, en les voyant. Jo a brusquement lâché le chirurgien qui rectifie immédiatement sa tenue, s'efforçant de prendre une attitude naturelle.

CLARA

Qu'est-ce qui se passe ? Vous vous battiez ?

LE CHIRURGIEN

Non, non, pas du tout. Monsieur m'aidait à remettre mon bouton de col qui avait sauté. *(Il présente :)* Tu connais Monsieur Dubon.

CLARA, *sèche :*

Bonjour. Vous avez fait bon voyage ?

JO, froid :

Excellent.

CLARA

Tant pis. Je veux dire tant mieux. *(Au chirurgien :)* Tu n'as pas vu Marie ?

LE CHIRURGIEN

Non.

CLARA

Ah ! celle-là, Dieu sait ce qu'elle fiche encore.

LE CHIRURGIEN

Tu as besoin d'elle ?

CLARA

Si je n'avais pas besoin d'elle, je ne la chercherais pas.

LE CHIRURGIEN

Elle est sans doute partie faire les commissions.

CLARA

J'espère qu'elle n'en aura pas pour trois heures.

LE CHIRURGIEN

Qui sait ?

CLARA

Ah ! Les domestiques ! *(À Jo :)* Je ne sais pas ce que vous en pensez, mais pour ma part, je trouve qu'ils en prennent de plus en plus à leur aise. Vous êtes content des vôtres, vous ? *(Jo la regarde, interloqué.)* C'est vrai, vous n'en avez pas. Vous ne connaissez pas votre bonheur. *(Au chirurgien :)* Quant au plombier, introuvable lui aussi. Le robinet de la cuisine fuit de nouveau et pas moyen de joindre ce monsieur.

LE CHIRURGIEN

Il est sans doute en déplacement.

CLARA

Sans doute... Peut-être avec la bonne. Enfin, si vous entendez une sirène, ne vous affolez surtout pas. Ce ne sera que les pompiers. *(Elle demande au chirurgien :)* Le canot pneumatique est toujours dans le garage ?

LE CHIRURGIEN

Oui, pourquoi ?

CLARA

On ne sait jamais. Si j'avais besoin de quelque chose dans la cuisine...
Elle sort.

LE CHIRURGIEN

Excusez moi, je m'absente deux minutes. Je vais

tâcher de réparer ce petit incident.

Il sort. Jo reste seul. Il recommence à arpenter la pièce, s'efforçant de trouver une démarche digne, rajuste sa cravate, soigne ses gestes, tire de sa poche un cigare imaginaire qu'il se met à fumer avec volupté et distinction. Il va s'asseoir dans un fauteuil, s'y cale confortablement, recherchant l'attitude la plus distinguée possible. Il change ensuite, va sur le canapé, ce qui lui permet de se vautrer davantage, mais toujours avec la même recherche de distinction. Son petit jeu continue. À présent, il a un cigare dans chaque main, qu'il fume alternativement. Il avise soudain un coffret sur la commode et se dirige vers lui, retrouvant du coup une démarche plus naturelle. Il l'ouvre, en sort un petit cigare qu'il porte à ses lèvres puis, celui-ci ne lui convenant pas, il l'échange contre un plus gros, puis encore un plus gros...

Entre Rirette en jupette de tennis. Pris en flagrant délit, Jo repose rapidement le cigare et referme le coffret.

RIRETTE
Vous cherchiez un cigare ?

JO, *tel un écolier pris en faute :*
Non, non.

RIRETTE
Vous pouvez vous servir, vous savez. Il y en a plein la maison mais papa ne fume que la cigarette.

JO, *distraitement :*
Ah ! Bon.

Un temps. Rirette le dévisage de la tête aux pieds.

RIRETTE
Alors, c'est-vous le fiancé de Lulu ?

JO
Oui, c'est moi.

RIRETTE
Moi, je suis Rirette, sa sœur. Mon vrai nom c'est Henriette, mais tout le monde m'appelle Rirette. Enfin quand je dis tout le monde : les intimes. Mais je vous autorise à m'appeler Rirette.
Jo la regarde, elle pose volontairement, sans cesser de le dévisager. Elle dit soudain :
C'est vrai que vous n'êtes pas beau.
Elle va s'asseoir, exposant volontairement ses cuisses. Elle demande subitement :
Vous savez quel âge j'ai ?

JO
Non.

RIRETTE
Dix-huit ans. Oui, je sais, je ne les parais pas mais c'est parce que je fais du sport. *(Encore un temps. Elle demande :)* Lulu n'est pas encore rentrée ?

JO
Il paraît que non.

RIRETTE
Vous allez la trouver changer. Elle a drôlement vieilli. Et aussi empâté. Faut dire que le sport n'a jamais

été son fort. Vous aimez le sport vous ?

JO, *indifférent :*
Oui.

RIRETTE
C'est quoi votre sport préféré ?

JO
Je ne sais pas. Le football.

RIRETTE
Comme moi. *(Un temps.)* Il paraît que vous êtes devenu
très riche.

JO, *subitement agressif :*
Écoute mignonne, tu es bien gentille mais tu ferais beaucoup mieux de t'occuper de tes affaires et d'aller jouer à la poupée.

RIRETTE, *piquée :*
A la poupée ?

JO
Parfaitement, à la poupée. Parce qu'il y a des choses dont une petite fille comme toi ferait mieux de ne pas s'occuper. Tu comprends ?

RIRETTE
Je vois. Monsieur est susceptible. C'est bon, je ne poserai plus de questions.

JO
Tu feras bien.

RIRETTE

D'ailleurs, ça m'est bien égal. Ils me font rire tous, avec leur argent. Comme s'il n'y avait que ça qui compte. Moi, ça me serait égal d'épouser un garçon qui n'en a pas. Pourvu que nous nous aimions… C'est bien le plus important. Vous n'êtes pas de mon avis ? *(Jo ne répond pas. Elle demande à brûle pourpoint :)* C'est vrai que vous êtes plus jeune que Lulu ?

JO

Oui.

RIRETTE

Ça c'est moche. C'est mieux quand c'est le contraire. Vous ne trouvez pas ?

JO

Je ne sais pas.

RIRETTE

Tous les spécialistes vous le diront : c'est toujours mieux quand c'est l'homme qui est le plus âgé, même s'il y a une grande différence. Mais le contraire…
Un silence.
Vous n'êtes pas très causant.
Jo ne répond pas.
Ce n'est pas comme Lulu. Remarquez avec elle, ça fera une bonne moyenne, parce que quand elle s'y met… Toutes ses histoires de la paroisse et des petites sœurs des pauvres… Notez que c'est bien ce qu'elle fait. Elle tricote des pulls, raccommode des chaussettes, emmène les vieux en promenade… Ça on

peut dire qu'elle est dévouée. Ses pauvres et la chorale… *(Elle demande brusquement :)* Vous aimez danser ?

JO
Non.

RIRETTE
C'est que vous n'avez jamais appris. Je vous montrerai, vous verrez c'est génial. D'ailleurs on peut commencer tout de suite.

Elle va mettre un disque, une musique plutôt enlevée et commence à se trémousser, soulevant intentionnel- lement sa jupe.

Vous voyez, ce n'est pas difficile. Il suffit de suivre le rythme. Vous ne voulez pas essayer ?

Jo la regarde sans bouger. Elle s'arrête.

Vous préférez peut-être un slow ? Pour débuter, c'est plus facile.

Elle va changer le disque.

Vous me prenez par les épaules, comme ça, et puis vous vous laissez bercer par la musique.

Jo se laisse faire, tel une marionnette. Il a les mains sur les épaules de Rirette mais il ne danse pas.

Surgit Clara. Les voyant ainsi, elle s'arrête, ahurie, puis va brusquement couper la musique.

CLARA
Je pense que vous devez faire erreur. Il s'agit bien de ma fille, mais ce n'est pas Lucie, c'est sa sœur.

RIRETTE
Il le sait, maman. Je lui apprenais à danser le slow.

CLARA

Sans blague ! Je pensais que c'était lui qui t'initiait aux danses incas.

RIRETTE

Tu penses. Il ne sait même pas danser.

CLARA

Quant à toi, je me demande ce que tu fais ici. Tu ferais beaucoup mieux d'aller étudier tes leçons.

RIRETTE

Je les sais.

CLARA

Eh bien, va les réviser. On ne les sait jamais trop. Et puis tu me feras le plaisir de mettre une robe un peu plus convenable pour dîner.

RIRETTE

C'est ma jupe de tennis.

CLARA

Justement ! À table, on ne joue pas au tennis. Va te changer tout de suite.

RIRETTE

Je me demande bien ce que ça peut faire. De toute façon, on ne verra pas mes jambes puisqu'elles seront sous la table.

CLARA

Je te prie de ne pas faire de réflexion. Maintenant tu obéis et tu ne discutes pas. Ce n'est tout de même pas une gamine de quatorze ans qui va faire la loi.

RIRETTE *jette un coup d'œil inquiet vers Jo et se mord les lèvres. Elle rectifie pour la forme :*
Presque quinze.
Elle sort.

CLARA, *quand elle est sortie :*
Je ne vous félicite pas Monsieur. Débaucher ainsi une gamine, sous le toit de votre fiancée, et le jour même où vous venez la retrouver, c'est un peu fort. On peut avoir le sens de la famille, mais tout de même, il y a des limites. Enfin, il paraît que c'est l'époque qui veut cela. Aujourd'hui on a les idées larges. *(Un temps un peu lourd puis elle demande :)* A propos, que comptez-vous faire si ce n'est pas indiscret ?

JO, *se méprenant sur le sens de sa question :*
Épouser Lucie.

CLARA
Je ne parle pas de ça. On fait très peu de fouilles dans la région. Les dernières ont seulement permis de déterrer un cadavre qu'on a supposé être celui d'un soldat de 14-18 et un briquet plaqué or dont on n'a même pas pu déterminer l'époque. C'est vous dire si c'est maigre. Dans quel domaine comptez-vous vous reconvertir ?

JO
Je ne sais pas encore. Je dois réfléchir.

On entend la voix de Lulu, comme au premier acte :

la voix de LULU
Je te répète ce que je t'ai dit : si ce soir tu n'as pas trouvé de travail, je te plaque.

LE CHIRURGIEN *revient triomphant.*
Tout s'arrange, comme au théâtre. La fuite est endiguée : ce n'était qu'un joint, Lucie vient de rentrer, et la bonne aussi.

CLARA
J'espère que cette cruche de Marie aura pensé à prendre un bifteck de plus. *(S'adressant à Jo, mielleuse :)* Car vous restez dîner avec nous n'est-ce pas ?

JO, *un peu raide :*
Si je ne dérange pas…

CLARA *le toise et*
bougonne en s'en allant :
Et poli en plus. L'hypocrite !

Elle sort. Un temps très court puis Lulu apparaît. Mollasse, vieillie, grossie, elle est tout à fait différente de ce qu'elle était au premier acte. Elle demeure là, plantée comme une cruche, face à Jo. Elle murmure après un silence :

LULU
Jo.

JO
Lulu.

LULU
Il y a si longtemps.

JO
Oui, si longtemps.

LULU
Mon chéri.

JO
Ma chérie.

LE CHIRURGIEN *lève les yeux au ciel.*
Merveilleux dialogue ! C'est tout de même beau l'amour !
Il sort.

JO *murmure pour lui-même,
sans bouger :*
Putain ! C'est vrai qu'elle a vieilli.

LULU *se précipitant dans ses bras :*
Mon amour.
Ils s'embrassent sans que Jo semble y mettre beaucoup de conviction.

JO, *redressant la tête
après ce long baiser marmonne, face au
public, avec une moue qui en dit long :*
Et elle embrasse toujours aussi mal.

RIDEAU

QUATRIÈME ACTE

Même décor qu'au premier acte, mais tout est parfaitement rangé, ordonné, ce qui donne une impression de coquetterie, voire même de luxe.
Quand le rideau se lève, la scène est vide. Entre Lulu, précédant Clara (très dame patronnesse avec son grand chapeau), le chirurgien, et Jo.
Lulu, plutôt godiche, a cet épanouissement de la petite fille qui n'en revient pas de ce qui lui arrive. Elle est soudain devenue une grande et c'est elle la maîtresse de maison.

LULU, *conduisant la visite :*

Et voilà notre chambre. Ce n'est pas la plus grande mais c'est la mieux située. Elle donne sur le parc. Celle en face donne sur la vallée de la basse Seine avec les usines. Nous en ferons la chambre d'amis. Quant aux autres, elles ne sont pas encore aménagées mais nous ferons cela au fur et à mesure. Nous avons le temps, n'est-ce pas mon chéri ?

JO, *absent :*

Bien sûr.

LE CHIRURGIEN *soupire :*
Toute une vie : ça peut être long.

LULU
Il y a une grande penderie derrière. L'armoire est du XVIIe siècle. Le vendeur nous l'a garantie authentique. *(Elle a un sourire béat à l'adresse de Jo.)* C'est Jo qui l'a découverte.

CLARA, *sèche,*
comme à son habitude :
L'inconvénient de toutes ces vieilleries c'est que ce sont de vrais nids à poussières. *(Un temps.)* Au fait, Louise Dupont-Racan a téléphoné pour demander si c'est bien un robot mixeur que tu veux en cadeau de mariage. Je lui ai dit que je n'étais pas sûre. Elle doit rappeler.

LULU, *étonnée :*
C'est ce que nous avions décidé.

CLARA
Oui, mais il serait préférable que tu te documentes d'abord. Il faut lui indiquer la marque et une référence précise parce que, radin comme elle est, elle serait fichue de t'offrir n'importe quoi.

LULU *regardant sa montre.*
Le livreur du lave-vaisselle ne devrait pas tarder. Il a dit qu'il passerait entre trois et quatre heures.

CLARA, *aigre :*
Un lave-vaisselle. Quand je me suis mariée, je n'en avais pas.

LE CHIRURGIEN
Et pour cause, c'est tout juste si ça existait.

CLARA
Note que je n'en ai toujours pas.

LE CHIRURGIEN
Je t'ai proposé cent fois d'en acheter, tu n'as jamais voulu.

CLARA
Pourquoi achèterions nous un lave-vaisselle ? Pour que Marie en fasse un peu moins ? Elle n'en fait déjà pas trop.

LE CHIRURGIEN
Alors je ne vois pas de quoi tu te plains.

CLARA
Je ne me plains pas, je constate.

LE CHIRURGIEN, *renonçant :*
Ah ! Bon.

CLARA
Il serait peut-être temps d'y aller. Les Samovar vont nous attendre.

LE CHIRURGIEN
Alors ! Une partie de thé où l'on s'emmerde à cent sous de l'heure, ce serait dommage d'être en retard.

CLARA
Où l'on s'emmerde ? Évidemment, tu es un ours. Tu ne parles jamais à personne.

LE CHIRURGIEN
Je suis très bête, tu le sais bien. Je n'ai aucune conversation. Enfin, allons-y tout de même.

CLARA, *à Lulu, avant de sortir :*
Ne t'inquiète pas si nous nous faisons un peu attendre pour dîner ma chérie, nous serons peut-être en retard.

LE CHIRURGIEN
Nous serons sûrement en retard. Je me demande de qui nous allons bien pouvoir dire du mal. *(À Clara :)* Enfin, je te fais confiance.

Clara hausse les épaules, préférant ne pas répondre. Ils sortent. Jo et Lulu restent tous les deux.

LULU *sautant au cou de Jo :*
Nous serons bien ici mon chéri, hein ?
Elle l'embrasse à la sauvette, toute guillerette.
Elle va éprouver la résistance du lit.
Tu as vu le lit ? Il est très confortable. C'est un Tréca.
Elle s'assoit dessus, tout heureuse. Jo vient s'asseoir à côté d'elle, l'enlace puis la renverse sur le dos.

JO
Si on l'essayait tout de suite ?
Il l'embrasse sur la bouche, la caresse un peu partout. Elle se débat, poussant des cris étouffés.

LULU
Qu'est-ce que tu fais ? Mais tu es fou ?

Jo continue de l'embrasser et de la tripoter.

LULU *crie, affolée :*
Non, je ne veux pas. Lâche-moi.
Il continue malgré ses cris. C'est une bête. Elle se débat comme elle peut et finit par se dégager. Un temps, elle est debout face à lui, apeurée.

LULU, *remettant de l'ordre dans sa toilette.*
Tu es fou ? Qu'est-ce qui t'a pris ?

JO
Il faudra bien qu'on y vienne.

LULU, *nette :*
Nous ne sommes pas encore mariés.

JO
Nous le serons dans quinze jours.

LULU
Justement, ce ne sera plus très long.

JO
C'est comme si nous l'étions. Je ne vois pas pourquoi tu fais tant d'histoires.

LULU
Je sais que les mœurs ont changé, mais pas pour moi. Le mariage c'est sacré.

JO
Tu retardes de deux guerres. Qu'est-ce que ça peut faire avant ou après ?

LULU

C'est une question de principe. Quand nous serons mariés, tu me feras tout ce que tu voudras, mais pas avant. Ça ne se fait pas.

JO

Ça ne se fait pas, ça ne se fait pas... Tu es complètement dépassée. Au contraire, c'est même recommandé. C'est le contraire qui ne se fait plus. Demande à n'importe quel sexologue, il te le dira.

LULU

Tu dis des bêtises. Je ne te comprends pas.
Un temps. On sonne.
Ce doit être le livreur pour le lave-vaisselle. J'y vais.
Elle sort.

JO, *quand elle est sortie :*

Je ne te comprends pas... Moi non plus je ne te comprends pas. Je me demande d'ailleurs si nous ne nous sommes jamais compris. *(Il se lève subitement et hurle :)* Et puis merde, c'est trop con. Je lui avais bien dit après tout : « Tu me regretteras. Et quand je reviendrai, c'est toi qui me supplieras de te reprendre. Seulement à ce moment-là, on verra. » Eh bien on va voir.

Il arpente la pièce comme un lion en cage. Paraît Rirette, en short et petit corsage léger, très provocante.

RIRETTE, *regardant autour
d'elle avec étonnement :*
Vous êtes seul ? Je vous ai entendu crier. Je croyais qu'il y avait quelqu'un avec vous. *(Jo, pour toute réponse la fusille du regard.)* Vous n'avez pas l'air de très bonne humeur. Vous devriez aller faire un tour dans le parc, ça vous détendrait. C'est très agréable. J'ai vu un petit écureuil tout à l'heure. J'ai essayé de m'approcher tout doucement pour l'attraper mais il a filé en haut d'un arbre. *(Elle se laisse tomber sur le lit et remarque :)* Il est bien ce lit. Ce doit être agréable de dormir là-dedans. *(Jo ne répond pas. Elle demande :)* Vous ne retournerez jamais au Pérou ?

JO
Je ne sais pas.

RIRETTE
C'est vrai que les Incas épousaient leur sœur aînée ?

JO
Je ne sais pas.

RIRETTE
Ça ne devait pas être très drôle. Surtout que l'aînée c'est pas toujours la mieux. *(Elle a toujours ses attitudes provocantes.)* Vous vous plaisiez là-bas ?

JO
Oui

RIRETTE
On dit aussi que les indiennes sont très sauvages mais qu'on en fait ce qu'on veut quand on sait les apprivoiser.

JO
Peut-être.

RIRETTE
Vous faites comme si vous n'en saviez rien, mais vous avez dû en connaître là-bas. Il paraît aussi qu'on fume des drogues qui vous font perdre la tête et vous font voir des choses merveilleuses. Vous avez essayé ?

JO
Non.

RIRETTE
Alors, je me demande bien à quoi ça vous a servi d'aller si loin puisque vous n'avez profité de rien. *(Un temps, elle vient se placer face à lui.)* On m'a dit aussi, mais ça je ne sais pas si c'est vrai, que pour se dire bonjour, en signe d'amitié, les Incas se frottent le nombril, comme ça.

Elle colle son ventre contre celui de Jo qui lui administre une formidable gifle.

JO
Petite salope !

RIRETTE *a reculé, surprise.*
Elle a les larmes aux yeux et se tient la joue.
Vous êtes malade ? Qu'est-ce qui vous prend ?

JO
Espèce de petite vicieuse ! Si tu as envies de te faire sauter, va trouver les petits copains de ton lycée. Ils ne demanderont sûrement pas mieux.

RIRETTE, *blanche de rage :*
Vous êtes fou ? Ah ! Maman a bien raison quand elle dit que vous êtes une brute sans éducation.

JO
Fous-moi le camp.

RIRETTE
Vous n'êtes qu'un sauvage qui se croit tout permis sous prétexte qu'il a fait fortune on ne sait trop comment. Seulement, comme dit maman, vous avez beau avoir de l'argent, ça ne remplace pas une solide éducation.

JO
Fous le camp.

RIRETTE
On a bien rigolé l'autre jour à table quand vous avez tendu votre verre à eau pour qu'on y verse le vin blanc et quand vous avez découpé le pâté en croûte avec les couverts à poisson.

JO
Fous-le-camp je te dis !

RIRETTE
Vous n'êtes qu'un grossier personnage qui ne sait même pas se tenir. Vous essayez de jouer les grands

seigneurs parce que vous avez du fric, et vous croyez peut-être que c'est suffisant. Vous vous imaginez avoir de la classe ? Mais regardez-vous donc. Vous êtes ridicule avec vos chaussures jaunes et votre costume bleu marine.

JO, *à la limite d'exploser :*
Fous-le-camp nom de Dieu.

RIRETTE
Et vos mains. Vous les avez vues vos grosses mains de garçon boucher avec leurs ongles sales ? *(Jo avance sur elle, rageur :)* Allez-y, giflez moi, c'est probablement la seule chose que vous sachiez faire. Quand on est qu'une brute…
Il la gifle violemment. Silence. Elle le fixe, les larmes aux yeux, blanche de rage, puis, arrache son corsage et s'enfuit en hurlant. On l'entend au loin :

RIRETTE
Au secours… Au secours… Il a tenté de me violer…

JO *murmure :*
Petite salope !
Un temps, puis Lulu paraît, affolée.

LULU
Qu'est-ce qu'il se passe ?

JO
Il se passe que ta sœur est une garce et une traînée et qu'elle a pris la claque qu'elle méritait depuis longtemps.

LULU
Qu'est-ce que tu lui as fait ?

JO
Je lui ai collé une dense qu'elle n'a pas volée.

LULU
Son corsage était déchiré.

JO
Parce qu'elle l'a déchiré elle-même. Je te dis que c'est une salope.

LULU
Mais qu'est-ce qui te prend tout à coup ? Déjà tout à l'heure, avec moi…

JO *explose :*
Et puis merde, tu ne comprends jamais rien.

LULU, *au bord des larmes :*
Non, je ne comprends pas.

JO
Alors laisse tomber, ça vaudra cent fois mieux. *(Il ajoute, sombre :)* Au fond, ton père avait raison.

LULU, *qui ne comprend pas :*
Mon père ?

JO
Oui, il y a six ans, quand il disait que nous n'avions rien à faire l'un avec l'autre.

LULU, *doucement :*
Jo…

JO

Laisse tomber. La comédie n'a que trop duré. Mieux vaut mettre un point final.

LULU, *toute claire :*

Quelle comédie ?

JO

Celle que nous jouons en ce moment. Celle que nous jouons tout le temps quand nous nous mettons à nous prendre au sérieux. Bon Dieu ce qu'on peut être mauvais !

LULU

Je ne comprends pas.

JO *crie :*

Il n'y a rien à comprendre. C'est con, c'est tout. Alors rideau, point final, terminé.

LULU

Comment ça point final ?

JO, *découragé :*

Oh ! Merde. *(Il s'efforce de retrouver un ton calme.)* Écoute, je crois que nous nous sommes trompés. Nous n'avons vraiment rien à faire ensemble. Nous avons cru nous aimer : c'était une erreur. Alors on en reste là et puis c'est tout. Ma vie c'était au Pérou. C'est maintenant que je m'en rends compte. Je crois que je vais retourner là-bas.

LULU

Mais nous devons nous marier dans quinze jours.

JO

Nous ne nous marierons pas. On fait suffisamment de conneries : inutile d'en rajouter.

LULU

Voyons, Jo, c'est impossible.

JO

Pourquoi impossible ?

LULU

Mais tout est prêt, tout est organisé.

JO

On décommandera.

LULU

Tu n'y penses pas ? Tout le monde est prévenu. De quoi aurions-nous l'air ?

JO

Alors là, si tu savais ce que je m'en fous.

LULU

Toi, peut-être, mais moi. Ce n'est pas possible. Que dira-t-on ?

JO

Ah ! Tu es bien la digne fille de ta mère ! Ce qu'on va dire : c'est tout ce qui te préoccupe. Mais je me fous de ce qu'on pourra dire ou penser. Nous n'allons pas nous enchaîner cinquante ou soixante ans, simplement pour ne pas perdre la face et éviter les cancans du quartier.

LULU
Nous nous sommes attendus six ans. Pendant six ans nous nous sommes écrit tous les jours. Ce n'était tout de même pas pour rien ?

JO
Il y a six ans, tu avais dix-neuf ans et moi dix-huit. Nous étions des gamins. Nous pensions nous aimer et nous avons vécu avec cette idée. Seulement c'était une idée fausse.

LULU
Dans toutes tes lettres tu disais que tu m'aimais.

JO
Je le croyais, mais je me trompais. *(Un temps.)* Quand nous nous sommes retrouvés, l'autre soir, j'ai tout de suite réalisé que nous avions fait fausse route. C'est l'inconvénient de vivre avec des souvenirs : on embellit tout. Pendant six ans nous avons vécu avec des souvenirs et puis, nous nous sommes brusquement trouvés confrontés à la réalité, et ce n'est plus du tout pareil.

LULU
Mais moi je t'aime Jo. Je t'ai toujours aimé.

JO
Non, tu ne m'aimes pas. Tu t'obliges à croire que tu m'aimes. Tu t'accroches à cette idée envers et contre tout parce que tu ne veux surtout pas déchoir aux yeux de ceux qui t'observent. Aujourd'hui c'est ton triomphe... Tu as tenu six ans, six ans contre tous

les oiseaux de mauvaise augure qui n'avaient parié que sur l'échec de notre relation. Ils avaient raison mais tu ne veux surtout pas reconnaître que tu t'es trompée, alors tu t'enferres dans ton erreur. *(Il ajoute, mi-grave, mi-ironique :)* Nous ne sommes pas du tout du même milieu comme on dit chez toi. Nous n'avons pas reçu la même éducation. D'ailleurs je n'en ai reçu aucune. Au milieu des amis bien-pensants de ta famille, nous faisons toujours très grosse impression : moi surtout. Tu crois que je ne m'en rends pas compte ? Face à tous ces connards distingués qui s'essuient les lèvres chaque fois qu'ils boivent un coup, je ne manque jamais d'être l'attraction. Et toi tu es là, gênée, ne sachant où te mettre. Tu serres les dents, mais tu tiens bon. C'est dur d'avoir tort.

LULU
Où vas-tu chercher tout ça ?

JO
Tu me prends pour une bille ou quoi ? Je ne suis qu'une canaille, c'est vrai. Fils de canaille, petit-fils de canaille, c'est te dire si on a le sens des réalités chez nous. Je ne suis qu'un mufle, un goujat, un bouffon, je le sais, et je m'en enorgueillis parce que malgré tout ça, je m'en suis quand même tiré dans cette chienne de vie. Et tous ces bons bourgeois distingués, relations de ta famille ne peuvent pas en dire autant. Ah ! Je n'ai pas leur classe, c'est un fait. Quand j'ai lâché un pet, à table, l'autre jour, ça a surpris. Note qu'on n'en était au fromage, c'était moins gênant. Tout

le monde a fait mine de rien, sauf ta sœur qui est très mal élevée comme chacun sait. Toi, tu as serré les fesses, comme si ça servait à quelque chose. Et puis, la conversation qui s'était interrompue sous l'effet de la surprise est tout de même repartie. Sauf toi qui étais toute rouge et qui ne savait plus quoi dire.

LULU, *toujours au bord des larmes :*
Pourquoi cherches-tu à te salir ?

JO
Je ne cherche pas à me salir. Je suis comme je suis, c'est tout. Les nobles idées, les grands sentiments ne sont pas mon lot. Je suis né dans la rue, moi. Ma mère buvait, mon père était maître chanteur, alors je ne pouvais pas me permettre d'avoir de grands sentiments. Je n'en avais pas les moyens. Maintenant je les ai, mais c'est trop tard. On ne se refait pas.

LULU
Mais Jo, je t'aime comme tu es, moi.

JO
Tu m'aimes comme tes pauvres, ni plus ni moins. Et si leur crasse te répugne parfois, tu retournes quand même les voir, parce que ça fait du bien de se sentir charitable. Surtout quand on en a les moyens, quand ça ne vous coûte rien. C'est bon d'avoir pitié des autres. C'est tellement agréable quand on peut se le permettre.

LULU

Pourquoi parles-tu de pitié ?

JO

Parce que c'est bien de cela qu'il est question. Il y en a qui sont nés pour être des cloches et d'autres pour en avoir pitié. C'était ton cas, ton petit côté Saint-Bernard. Tu te trimbales avec ton petit tonneau de rhum accroché au cou et tu distribues généreusement à ceux qui en ont besoin. Et ça te fait du bien, surtout s'ils ont l'air bien malade, à la limite de crever.

LULU

Tu salis tout. Tu noircis tout.

JO

Oui, je salis. C'est tout ce que je sais faire, moi. Je suis né dans la mouise, il ne faut pas l'oublier. Et ce n'est pas parce que je porte maintenant des cravates que je suis plus propre pour autant. En apparence, si. Mes chemises sont impeccables, tu peux les examiner. Même au col et aux poignets. Tu penses, j'en change deux fois par jour. Mais ce n'est qu'une illusion, c'est pour tromper l'ennemi. Mon côté tricheur ne manque pas de ressortir. J'ai toujours été un tricheur : la nécessité.

LULU

Ce n'est pas vrai.

JO

Si c'est vrai. Et mon argent, tu veux savoir d'où il vient mon argent ?

LULU *implore :*
Non, je ne veux pas.

JO, *sadique :*
Ça te fait peur hein ? L'argent gagné honnêtement en fouillant les tombeaux incas pour le plus grand bien de la civilisation, c'était une idée plutôt rassurante. Seulement, ce n'est pas ça du tout.

LULU
Je ne veux pas le savoir.

JO
Tu ne veux pas le savoir ? C'est un peu trop facile. Oui, ma fortune provient bien de fouilles des tombeaux incas, mais elle ne s'est pas faite exactement comme je te l'ai raconté. Hormis quelques potiches sans intérêt aujourd'hui au musée de Lima, un jour j'ai découvert une série de vases en or. Des grands, des petits, des moyens. Il y en avait des dizaines enfouis au fond d'une galerie. En les découvrant, j'ai failli hurler, donner l'alerte. Heureusement, j'ai de bons réflexes et, le premier instant de surprise passé, j'ai vite retrouvé mon sang-froid. J'ai soigneusement dissimulé le tout en attendant de revenir la nuit embarquer ce trésor afin de le revendre à des trafiquants.

LULU
Ce n'est pas vrai. Tu mens.

JO
Attends, ce n'est pas tout. Il fallait faire fructifier

tout ça. Seulement, les industries au Pérou, c'est plutôt aléatoire. Il n'y en a qu'une qui marche vraiment bien : c'est la prostitution. Alors, j'ai acheté des hôtels et je suis devenu souteneur jusqu'au jour où, je ne sais trop comment, l'affaire des tombeaux incas a commencé à s'ébruiter. Comme ça sentait le roussi, j'ai préféré changer le coin. J'ai tout revendu et je suis revenu.

LULU
Ce n'est pas vrai. Je ne te crois pas.

JO
Si, c'est vrai. Renseigne-toi donc sur l'ancien propriétaire du Hilton et de l'European hôtel de Lima. Tu comprendras tout.

LULU
Tu m'as dit que tu voulais retourner là-bas. Tu ne pourrais pas si c'était vrai.

JO
J'aurais voulu éviter de te faire trop mal. Mais puisqu'il est nécessaire de te convaincre…

LULU *s'accrochant à*
un dernier espoir :
Et puis, ça m'est égal. Ça m'est complètement égal. Je t'aime, je t'aime comme tu es. Le reste, je m'en fiche.

JO *raille :*
Pour une ancienne élève des sœurs, la réaction est

un peu osée, sûrement irréfléchie. Tu oublies tes principes.

LULU *crie soudain,*
comme une folle :

Je m'en fous des principes. Après tout, tu as raison. Rien n'a vraiment d'importance. Tu voulais me monter dessus tout à l'heure, eh bien vas-y puisque tu en as envie. Je me fous de ce que les autres penseront. D'ailleurs ils n'en sauront rien.

Elle s'est laissée tomber sur le lit, allongée, les jambes écartées, provocante, obscène.

Eh bien vas-y, qu'est-ce que tu attends ? Tu en avais tellement envie.

JO, *hautain, détaché :*

Je crains que tu ne te contrôles plus très bien. Tu as perdu toute dignité.

LULU *hurle :*

Je m'en fous.

Le noir soudain.
Quand la lumière revient, même décor, mais on retrouve le désordre du premier acte. Jo est vautré sur le lit, il porte un pantalon et une chemise avec le col ouvert. Il est toujours plongé dans la lecture de son journal.

JO, *lisant :*

Il semble que les retrouvailles des jeunes gens n'aient pas été conformes à ce qu'ils avaient espéré, puisqu'à la suite d'une dispute, la jeune fille s'est enfuie de la maison que le couple venait d'acquérir pour aller se jeter dans la Seine. Selon le médecin légiste, qui a examiné le corps, celui-ci ne portait aucune trace de violence, ce qui permet de conclure qu'il s'agit bien d'un suicide.

Entre Lulu. Elle est redevenue la jeune fille énergique qu'elle était au début. Ses bras sont chargés de provisions.

LULU, *avisant Jo* :
Encore couché ? Décidément, tu ne te fatigues pas trop.

JO, *se levant comme si rien n'était* :
Ah ! Te voilà ? J'étudiais les cours de la bourse en t'attendant. Ça va très mal.
Il l'embrasse à la sauvette.

LULU, *déchargeant ses paquets et ôtant son manteau* :
Alors ?

JO
Alors quoi ?

LULU
Ton rendez-vous ?

JO, *embarrassé* :
Eh bien, tu sais ce que c'est…

LULU
Ah ! Non, pas encore ton baratin.

JO
Mais laisse-moi t'expliquer.

LULU
Rien à faire. Tes explications, je les connais trop. Cette fois, c'est fini. Tu sais ce que je t'avais dit. Alors puisque c'est ainsi…
Elle remet le manteau qu'elle vient d'ôter.

JO, *inquiet :*
Qu'est-ce que tu fais ?

LULU
Devine.

JO
Mais…

LULU
Je t'avais prévenu. Ce n'est pas une surprise.

JO
Tu ne vas pas t'en aller ?

LULU
Tu paries ?

JO
Mais où ira tu ?

LULU
Ne t'inquiète surtout pas pour moi. J'ai suffisamment de copains et copines.

JO
Et moi ?

LULU

Toi ? Eh bien tu te débrouilles. *(Elle ajoute, bonne poire :)* Pour ce soir, j'ai rapporté des conserves. Après, tu improviseras.

JO

Mais tu ne peux pas faire ça.

LULU

Je vais me gêner.

JO *la prend par le cou.*

Lulu. Ma petite Lulu. Tu ne peux pas m'abandonner.

LULU

Lâche moi.

JO, *soudain violent :*

Non, je ne te lâcherai pas. Je ne te laisserai pas partir.
Il l'étrangle. Elle se débat.

LULU

Mais lâche moi bon sang. Tu me fais mal.

JO, *serrant de plus en plus.*
Il n'est plus maître de lui-même :
Jamais je ne te laisserai partir. Jamais.

Elle pousse un dernier cri et s'effondre. Jo desserre son étreinte. Elle est à moitié par terre, inerte. Jo, un genou au sol, lui tient le haut du corps, sa tête reposant sur son autre genou. Il crie, affolé.

JO

Lulu. Ma petite Lulu. Qu'est-ce qu'il t'arrive ?

Il lui tapote les joues, tentant de la ranimer.

Mais réveille-toi, bon sang ! Réveille-toi.

Lulu pousse un léger mugissement.

Ah ! Tu es vivante. Ma chérie. Tu m'as fait peur. Qu'est-ce que je deviendrais sans toi ? Écoute, tu sais, j'ai beaucoup réfléchi. La peinture, ce n'est pas un métier d'avenir. Je crois qu'il vaut mieux que je renonce. Je vais écrire des romans. J'ai déjà des idées tu sais. C'est l'histoire d'un jeune homme pauvre, amoureux d'une jeune fille de famille bourgeoise. Comme la famille de la jeune fille le refuse, un jour il fait ses bagages part faire fortune en Amérique…

Pendant qu'il parlait, le rideau est tombé lentement.

FIN de

SACRE JEAN-FOUTRE